당신은 본래 행복한 존재로 이 세상에 태어났습니다.

이 책을 통해서 내면에 있는 진정한 자신을 만나
잃어버렸던 삶의 참 기쁨과 행복을 되찾으시길 바랍니다.

_____ 님께

나를 만나는 기쁨

조치영 지음

MIRAE
BOOK

나를 만나야 내 삶을 아름답게
꽃피울 수 있습니다

중학교 다니던 때 지독한 독감에 걸려 열흘 동안 학교에도 가지 못하고 끙끙 앓았던 적이 있었습니다. 온몸이 불덩이처럼 뜨거웠고 머리는 쪼개질 듯이 아팠습니다. 고열과 견디기 힘든 심한 통증으로 정신이 혼미해지고 탈진한 상태였는데도 이상하게 내면에서는 한없는 평온함과 형언할 수 없는 기쁨이 피어오르는 것을 느꼈습니다. 이것이 내가 처음으로 진정한 나를 만난 경험이었습니다.

그 이후로 성인이 되어 사회생활을 하면서 정신적으로 방황하는 날들이 많았습니다. 무슨 일을 해도 참된 행복을 느끼지 못했고, 자주 무의미함과 허무감에 빠지곤 했습니다. 나중에야 진정한 나를 만나지 못해서 그랬다는 것을 알았습니다. 세상에 푹 빠져서 내면의 소리를 듣지 못하고 나로 살지 못해 그랬던 것입니다.

잃어버린 나를 다시 찾게 해준 것은 명상이었습니다. 찬바람이 부는 어느 겨울밤. 명상을 하다가 내면에서 피어오르는 기쁨과 함께 오랫동안 잃어버렸던 나를 다시 만날 수 있었습니다. 나를 만난 후부터 내 삶에 변화가 일어나기 시작했습니다. 내면에서 근원과 연결되는 깊은 체험을 한 이후부터 마음속의 갈증이 사라졌습니다. 매사에 부정적이고 불만투성이였던 내가 긍정적이고 감사할 줄 아는 사람으로 변해 갔으며, 내면에 깊은 평화와 행복이 자리 잡게 되면서 오랜 정신적인 방황에 종지부를 찍게 되었습니다.

십여 년 전 오랫동안 살아온 서울생활을 정리하고 어느 조용한 산골마을 빈집을 얻어 혼자서 2년을 살았습니다. 그렇게 살다보니 혼탁한 마음이 차츰 정화되어 그동안 나를 지배했던 여러 가지 번뇌 망상이 사라지고 불필요한 욕망과 집착이 떨어져 나가고 두려움도 사라지게 되었습니다.

나는 명상을 통해서 새로운 사람으로 거듭났습니다. 옛날에는 불을 쫓아다니는 불나방 같이 살았다면 지금은 사뿐사뿐 날아다니는 나비 같이 살고 있습니다. 이제 순간순간 깨어 있는 마음으로 기쁨과 감사함을 느끼면서 살아가고 있습니다. 그래서 주변 사람들은 나에게 어떻게 정치했던 사람이 명상가로 변신했느냐고 물으면서 의아해하기도 합니다.

이제 화제를 바꿔서 나와 함께 명상을 했던 몇 사람에 대한 이야기를 해보려고 합니다. 대학원생인 K씨는 몇 년 동안 사귀었던 연인과 헤어진 후 심한 스트레스와 정신적인 고통으로 폭식증과 불면증에 시달렸으며, 사십 대 후반의 전업주부인 L씨는 열심히 집안 살림을 해오다가 어느 순간 자기 인생을 살지 못했다는 자책감에 빠져서 우울증에 시달리고 있었습니다. 그리고 오십 대 중반의 H씨는 명예퇴직을 한 후에 삶의 의미와 즐거움을 찾지 못해 정신적으로 방황에 빠졌습니다.

이들은 저마다 다른 이유를 가지고 나를 찾아왔지만, 얼마동안 함께 명상을 하면서 자신의 마음을 컨트롤하는 힘을 얻고, 내면에 진정한 자신을 만나게 되면서 변화되기 시작하여 점차 편안하고 밝은 본래의 모습을 되찾게 되었습니다.

내면에 있는 순수한 나를 만나면 기쁘고 행복합니다. 내 안에서 나를 만나면 스트레스가 풀리고, 불안하고 우울한 마음도 사라집니다. 참된 나를 만나면 아픔과 상처가 치유되고 흐트러진 삶이 제자리로 돌아오면서 그동안 풀리지 않던 문제에 대한 해답을 찾게 됩니다. 그리고 나를 만나면 나답게 살게 되면서 삶이 조화로워집니다.

내면으로 들어가면 언제나 순수하고 평온한 나를 만날 수 있습니다. 순수한 기쁨과 행복은 바쁘고 복잡한 삶 속에서는 느낄 수 없습니다. 나를 만나는 것은 그렇게 어렵지 않습니다. 마음이 어떤 것에 매이지 않아 평온해지면 언제든지 나를 만날 수 있습니다. 마음만 먹으면 일상생활 속에서도 얼마든지 내면의 나를 만날 수 있습니다.

내 안의 나를 만날 때 깊은 평화와 만족을 느끼게 됩니다. 진정한 나를 만나게 되면 정신적인 갈증과 심리적인 허기가 사라지고, 내면에서 기쁨과 충만함을 느끼기 때문에 감각적인 쾌락을 좇거나 쓸데없는 욕망에 사로잡히지 않게 됩니다.

우리는 근원과 연결되어 있는 영적인 존재입니다. 우리들이 살아가면서 고통과 불행을 겪는 이유는 영성과 단절되어 있기 때문입니다. 명상을 하면 내면에서 영성을 회복하게 됩니다. 자신이 영적인 존재라는 것을 깨닫게 되면 외부적인 조건과 상관없이 행복합니다.

언제든지 내면으로 들어가 당신을 만나면 조건과 상관없이 기쁘고 이유 없이 행복해집니다. 그동안 일과 시간에 쫓겨서 만나지 못했던 진정한 당신을 만나보세요. 참된 기쁨과 충만함을 느끼고 진정한 자유와 행복을 되찾게 될 것입니다. 이 책을 통해서 당신의 내면에 있는 가장 소중한 당신을 만나기를 바랍니다. 당신을 만나 당신 자신으로 살면서 당신의 삶을 유감없이 활짝 꽃피우기 바랍니다.

계룡산 자락의 작은 오두막에서

조 치 영

제3장 나를 알면 모두를 알게 된다

제4장 나를 이겨야 세상을 이긴다

제5장 나는 내 삶의 주인이다

제6장 나답게 살아야 아름답다

제7장 나를 비울 때 내가 완성된다

제1장

나는 본래
행복한
존재다

행복의 샘

우리는 본래 행복한 존재로 태어났습니다.
우리들의 본성은 희열이요, 행복입니다.
갓난아기는 누가 가르쳐주지 않아도 혼자서 방긋방긋 웃고,
어린애들은 그냥 까닭 없이 밝고 즐겁습니다.
그것은 우리들의 내면에
행복의 에너지가 가득 고여 있기 때문입니다.

우리의 내면에 고여 있는 행복의 에너지는
샘물처럼 퍼내 쓰지 않으면 점점 고갈되어 가지만
퍼내면 퍼낼수록 더 많이 솟아올라 풍부해집니다.

행복은 느끼면 느낄수록 점점 더 풍부해져 갑니다.
행복을 자주 느끼면 느낄수록 행복의 에너지는 솟아납니다.
무엇에 사로잡혀 있지 않으면 마음은 저절로 즐거워집니다.
쫓기지 않고 마음이 한가로워지면 행복의 샘물이 고입니다.

마음이 이리저리 떠돌아다니지 않고 지금 이 순간에 머물면
마음이 편해지면서 몸과 영혼이 조화를 이루어 행복해집니다.
지금 이 순간을 살면 늘 평온하고 행복을 느끼게 됩니다.
과거에 붙잡히지 않고 미래를 걱정하지 않으면 행복해집니다.
행복은 항상 현재 이 순간 속에서만 찾을 수 있는 보물이니까요.

행복 불감증

요즘에 행복을 느끼지 못하고 살아가는 사람들이 많습니다.
그들은 돈을 많이 벌고서도 행복하지 않고
지위가 높아졌는데도 행복하지 않고
원하는 것을 모두 얻고서도 행복하지 않습니다.

그들이 행복하지 않은 이유는 내적인 삶을 살지 않기 때문입니다.
외적인 삶에 치중하여 살다 보니 내적인 삶이 빈약해졌기 때문입니다.
그동안 정신적인 삶을 도외시하고 육체적인 삶을 살아왔기 때문이요,
영적인 삶을 외면하고 물질적인 삶을 추구해 왔기 때문입니다.

물질적인 풍요와 육체적인 쾌락만을 쫓는 삶은 나중에는 필경
정신적으로 공허해지고 영적으로 허전함을 느낄 수밖에 없습니다.

오랫동안 물질적이고 육체적인 삶을 살다 보니
정신적으로 빈곤해지고 영혼이 배가 고픈 것입니다.
영혼이 오랫동안 굶주리고 살아와서 마음이 공허하고
허전함을 느끼면서 행복을 느끼지 못하는 것입니다.

사람은 정신과 육체로 이루어진 위대한 존재입니다.
사람은 동물적인 존재이면서도 영적인 존재이기도 합니다.
정신과 육체가 균형을 이루어야 건강하고 사는 게 행복합니다.
몸과 영혼이 함께 조화를 이루어야 온전한 삶을 살 수 있습니다.

내면의 소리

우리는 본래 행복한 존재로 이 세상에 태어났습니다.
사람이 항상 즐겁고 행복할 수만은 없지만
대체적으로 사는 것이 만족스럽고 행복을 자주 느끼면서 사는 것이
건강하고 정상적인 삶입니다.

행복을 느끼지 못하는 것은 삶에 문제가 있다는 증거입니다.
사는 게 행복하지 않다면 지금 뭔가 잘못 살고 있기 때문이며
당신의 인생에 문제가 생겼으니 바로 점검해보라는 신호입니다.

행복을 느끼지 못하면 의욕이 떨어지고 무기력해지며
면역력이 저하되어 질병에 걸릴 위험성이 높아집니다.
행복을 느끼지 못하면 집중력이 저하되어 일의 능률이 떨어지고,
인간관계에도 여러 가지 문제가 생길 수 있습니다.

살아가면서 행복을 느끼지 못할 때는
무엇보다도 내면의 소리에 귀를 기울여 보아야 합니다.
혼자서 조용히 지내거나 산책을 하면서
당신의 내면에서 올라오는 소리에 귀 기울여야 합니다.

내면의 소리는 바쁘거나 마음이 산란하면 들을 수 없습니다.
머리로 이것저것을 판단하고 분석하고 계산하는 방식으로는
어떠한 내면의 소리도 들을 수 없습니다.
마음이 한가롭고 평온하고 순수해져야만 들을 수 있습니다.

내면의 소리에 귀 기울이다 보면
당신이 진정으로 무엇을 원하는지 깨닫게 되며
당신이 안고 있는 문제에 대한 해답도 곧 찾게 될 것입니다.
당신의 내면에 있는 진정한 자신을 만나게 되면서
잃어버렸던 행복을 되찾게 될 것입니다.

우리가 돌아가야 할 곳 //

우리는 본래의 순수한 모습을 되찾아야 합니다.
고요하고 평온하고 순수한 본래의 나로 돌아와야 합니다.
그래서 옛날부터 선인들은 한결같이 때 묻지 않은 본래의
순수함을 회복하는 것이 으뜸가는 공부라고 한 것입니다.

요즘은 옛날과 달라서 순수한 사람을 찾아보기가 힘듭니다.
우리들은 본래 순수한 사람으로 태어났지만 물질문명에 오염되어
저마다 계산적이고 이기심이 강한 사람이 되어버렸습니다.

자세히 보면 학력수준이 높은 사람일수록, 재산이 많은 사람일수록,
사회적 지위가 높은 사람일수록 순수한 사람을 찾아보기 힘듭니다.
인간은 본래의 순수함을 점점 잃어가면서 점점 불행해져 갑니다.

순수함을 잃었다는 것은 그만큼 진리에서 멀어졌다는 뜻이며
진리에서 멀어졌다는 것은 본질적인 삶을 살지 못한다는 것입니다.
순수함에서 멀어지면 허망한 욕망을 좇느라 인생을 낭비하게 됩니다.

본래의 순수함을 되찾으려면 버리고 비울 줄 알아야 합니다.
더 가지려 하면 할수록 점점 더 순수함에서 멀어져 갑니다.
우리는 순수함을 회복할수록 더 가볍고 더 자유로워집니다.

자기를 배우는 것

아무리 돈이 많아도 자기 자신을 모르면
정신적으로 방황하거나 허무감과 상실감에 빠지기 쉽습니다.
우리는 보통 밖으로 보이는 외모와 직업, 학력, 경력, 재산 등을
자기 자신이라고 철저히 믿고 살아갑니다.

하지만 그것보다 더 중요한 보이지 않는
자기 존재에 대해서 눈을 떠야 합니다.
왜냐하면 그것은 진정한 자기 자신이 아니기 때문입니다.
그것은 나를 규정짓는 외형적인 모습일 뿐 진정한 내가 아닙니다.

자신에 대해 알려면 자기 안으로 눈을 돌려야 합니다.
우리는 진정으로 자기 자신이 누구인지 모르기 때문에
욕심을 부리고 집착하면서 고통을 받게 됩니다.
자기 자신이 누구인지 모르기 때문에
부질없는 짓을 하면서 소중한 인생을 낭비하게 됩니다.

우리는 평생 동안 자기를 배우려 하지 않고 남을 배우고
세상을 배우는 데만 신경을 쓰면서 살아갑니다.
하지만 자신이 누구인지 알면
자연스럽게 남과 세상에 대해서도 알게 됩니다.

행복이 성공이다

사람이 높은 지위에 있거나 재산이 많다 하더라도
행복하지 않다면 성공한 삶이라고 할 수 없습니다.
하지만 돈이 없고 지위가 낮다고 하더라도
그 속에서 행복을 느끼고 산다면 성공한 삶을 사는 것입니다.

일반적으로 사람들은 사회적으로 지위가 높고
돈이 많은 사람들이 행복할 것이라고 생각합니다.
하지만 그것은 그들의 속사정을 몰라서 하는 말입니다.
그 사람들은 대개 진정한 행복을 느끼지 못합니다.

지위가 높고 돈이 많으면 삶이 복잡해지기 쉽습니다.
돈이 많고 지위가 높고 힘쓰는 위치에 있는 사람일수록
신경 쓸 일이 많고 골치 아픈 일이 더 많이 생깁니다.

보통사람들보다 더 많은 스트레스를 받고 복잡한 일들이
더 많아서 자기만의 삶을 살지 못하는 경우가 허다합니다.
그래서 그들은 진정한 내면의 평화와 행복을 느끼기 어렵지요.

욕망을 좇는 사람은 수시로 부족감과 불만족을 느끼고
화가 나고 불안하고 우울한 감정에 지배당하기 쉽습니다.
가진 것이 없어도 당신의 삶이 행복하다면
누가 뭐라고 해도 당신은 성공한 사람이지요.
배운 것이 없어도 당신의 삶이 행복하다면
당신은 인생을 잘 살고 있는 것입니다.

참마음

우리는 참마음으로 살아야 합니다.
우리는 참마음으로 돌아와야 합니다.

참마음이란 본래의 순수하고 평온한 마음을 말합니다.
참마음이란 쫓기는 마음, 들뜨거나 가라앉는 마음,
긴장된 마음, 화난 마음, 우울한 마음, 불안한 마음이 없는
고요하고 평화롭고 밝은 마음입니다.

참마음이란 어디에도 걸리거나 매이지 않는 마음이요,
참마음이란 갈등이나 혼란이 없는 마음을 말합니다.
참마음이란 균형 잡힌 마음이요, 조화로운 마음입니다.

참마음으로 돌아와야 내면에 있는 진정한
나를 만나 기쁨과 만족을 느끼게 됩니다.
참마음으로 돌아와야 현재 하는 일에 전념할 수 있으며
온전한 삶을 살 수 있습니다.

마음이 혼란스럽거나 힘이 들 때 이렇게 해 보세요.
배에 주의를 집중하고 숨을 마시고 내쉬어 보세요.
한참 동안 숨을 마시고 내쉬다 보면
산란한 마음이 평온해지면서 참마음을 회복하게 될 것입니다.

영감의 근원

당신은 무엇에 쫓기고 있습니까?

쫓기면 마음의 평화에 금이 갑니다.
쫓기면 몸과 마음과 영혼이 분리됩니다.
쫓기면 스트레스를 받고 짜증이 납니다.
쫓기면 순간순간이 건성으로 스쳐 지나갑니다.

쫓기는 마음에는 진정한 자기 삶이 없습니다.
쫓기는 마음에는 창의력이 싹틀 수 없습니다.
위대한 창의력은 바쁨 속에서 나오지 않습니다.
직관력은 마음이 한가롭고 여유로울 때 나옵니다.

아인슈타인의 상대성이론도 한가로움에서 나왔습니다.
그는 영감의 원천을 한가로움·속에서 찾아냈습니다.
마음이 고요하고 평온해야 영감을 얻을 수 있습니다.

위대한 성자들의 깨달음이나 위대한 예술이나
위대한 과학자들의 발견은 모두 한가로움 속에서 나왔습니다.

침묵

우주는 항상 침묵 속에 있습니다.
자연은 침묵 속에서 살아 움직입니다.
진리는 침묵 속에서 찾아낸 보석입니다.
세상의 진리는 모두 침묵 속에서 나왔습니다.

우리도 침묵으로부터 왔습니다.
우리 안에 있는 침묵을 되살려야 합니다.
온갖 소음과 번거로움으로 흐트러진 마음으로는
참된 진리를 경험할 수 없고 진정한 자기 존재를
발견할 수도 없습니다.

당신 안에서 침묵을 되살려 내지 못하면,
결코 진정한 자기 자신과 만날 수 없습니다.
침묵으로 들어가지 않고서는 내면의 소리를 들을 수 없고
진정한 자기 자신과 만날 수 없습니다.

우리는 침묵을 통해서 모태의 고요함으로 들어가고
그 고요함 속에서 참된 나를 만날 수 있습니다.

침묵으로 들어가야 당신 안에 있는 영성이 눈을 뜹니다.
침묵으로 들어가야 당신이 근원과 연결이 됩니다.
침묵으로 들어가야 큰 깨달음에 이르게 됩니다.

생각의 비수

우리 마음은 늘 물결처럼 출렁거립니다.
생각은 쉼 없이 우리 마음에서 일어나고 사라집니다.
마음에서 일어나는 생각은 대부분은 살아가는 데
도움이 되지 않는 쓸데없는 잡생각들입니다.

생각은 때로 비수보다 더 날카롭게 자신을 찌릅니다.
태풍처럼 마음속을 헤집고 다니면서 상처를 냅니다.

이미 오래전에 지나가 버린 일을 생각하면서
화내고 미워하고 원망하고 슬퍼하기도 하고
앞으로 일어나게 될 일들을 미리 앞당겨 생각하면서
걱정과 두려움에 빠져들기도 합니다.

바람이 파도를 일으키듯이 생각이 마음을 어지럽힙니다.
바람이 일지 않으면 호수가 고요하듯이
쓸데없는 생각이 일어나지 않으면 마음도 따라 고요해집니다.

당신의 부질없는 생각에 끌려 다니지 마세요.
생각은 단지 생각일 뿐 당신 자신이 아닙니다.
생각은 주인이 아니라 왔다가는 손님일 뿐입니다.
생각이 일어나면 그 생각을 따라가지 말고
일어났다 사라지는 것을 가만히 지켜보세요.

끊임없이 일어났다 사라지는 생각을 살펴보세요.
그렇게 바라보면 생각은 순간순간 파도처럼 일어났다 사라지는
덧없는 것이라는 것을 깨닫게 될 것입니다.
당신의 생각에 다치고 상처받지 마세요.

참된 행복의 길

욕망을 좇는 사람은 평소에 불행함을 자주 느끼게 됩니다.
만족과 기쁨보다는 결핍감과 불만족을 더 많이 느낍니다.

만족보다는 갖지 못함에 대한 분노와 슬픔이 더 자주 일어납니다.
돈과 명예와 권력을 좇는 삶에는 만족이 없기 때문이며,
소유욕망 속에는 보이지 않는 고통이 숨어있기 때문입니다.

그 속에 빠져있을 때는 정신을 차리기가 쉽지 않습니다.
너무나도 달콤하고 화려하기 때문에 쉽게 푹 빠지게 됩니다.
벌이 꿀에 취해서 꿀 속에서 쉽게 빠져나오지 못하듯이
소유욕망에 빠지면 그 속에서 쉽게 빠져나오지 못합니다.
그래서 우리는 더 많이 가지려고 전투하듯이 살아갑니다.

우리는 이제 더 많이 가짐으로써 행복해지려는 욕심에서 벗어나
불필요한 것을 버림으로써
진정으로 자유롭고 행복해지는 법을 배워야 합니다.

채워서 얻는 행복이 아니라 비워서 얻는 행복이 진정한 행복이며,
조건에 따라 흔들리지 않는 참된 행복의 길입니다.

목표에 중독된 삶

우리는 저마다 나름대로 목표를 가지고 살아가지요.
크든 작든 나름대로의 목표를 가지고 살아갑니다.
어떤 목표가 있으면 더 열심히 살게 되지요.
목표를 달성하면 행복할 거라고 믿으면서 살아갑니다.

하지만 목표는 가끔씩 부정적으로 작용하기도 하지요.
목표를 정하면 일단 거기에 매이게 되니까요.
목표에 매이면 수험생이나 약속시간에 쫓기는 운전자의 마음같이
조급하고 초조하고 불안해지기 쉽습니다.

목표를 정해 놓으면 마음이 조급해집니다.
목표를 정해 놓으면 그 순간부터 쫓기게 됩니다.
그래서 늘 긴장과 불안 속에서 살아야 합니다.
목표가 생기면 기쁘고 힘이 나기도 하지만
다른 한편으로는 스트레스의 원인이 되기도 합니다.

우여곡절 끝에 목표를 달성하게 되면
그 순간은 아주 기쁘고 만족스럽지만
그 만족감은 이내 곧 허무감으로 변하고 말지요.
그래서 우리는 그 허무감을 메우기 위해 또 다른 목표를 세우고
그것을 달성하기 위해서 또 열심히 살아갑니다.

목표에 매이면 현재를 온전하게 살 수 없게 됩니다.
목표를 달성하면 행복할 거라는 생각에 사로잡혀서
현재의 행복을 놓치고 맙니다.

목표를 세우고 목표를 달성하기 위해 열심히 노력은 하되
그 결과에 연연하거나 성패에 너무 집착하지 마세요.
최선을 다하되 어떤 결과든지 편안하게 받아들이세요.
그래야 현재의 삶이 행복해집니다.

인생은 한 편의 연극이다 ///

인생은 한 편의 연극이요, 한 편의 드라마입니다.
모든 것은 한 때이고 모든 것은 또한 지나갑니다.

인생의 무대에서 당신은 주인공이고, 주변 사람들은 조연이며
나머지 사람들은 모두 엑스트라입니다.
당신이 어떻게 사느냐에 따라서
당신의 인생이 흥미로운 연극이 될 수 있고,
재미없고 시시한 연극이 될 수도 있습니다.

당신의 삶을 연극처럼 바라보면서 생생하게 즐기세요.
현재 당신이 살아가는 모습을 연극을 보듯이 바라보세요.
당신 앞에서 일어나는 모든 일들을 연극을 보듯이
저만큼 떨어져서 관객의 입장에서 바라보세요.

이처럼 당신의 삶을 연극이라고 생각해 보세요.
당신이 지금 이 순간에 심각하게 생각하는 것들도
모두 별거 아니라는 것을 깨닫게 될 것입니다.
크게 집착할 것이 별로 없다는 것을 알게 될 것입니다.

어차피 우리 인생은 한 편의 연극이요, 드라마입니다.
세상은 연극 무대이고, 당신은 연기를 하는 배우입니다.
그렇게 살면 삶은 가볍고 즐거워집니다.

삶의 버팀목

삶에는 즐거움과 의미가 있어야 합니다.
어떤 경우에도 이 두 가지만 잃지 않으면
인생은 살만하고 행복을 느끼게 됩니다.
그것이 삶을 뒷받침해주는 버팀목입니다.

행복하려면 하는 일이 즐겁고 의미가 있어야 합니다.
하는 일이 즐겁기는 한데 의미가 없으면 공허해집니다.
반면에 하는 일이 의미는 있는 일이지만 즐겁지가 않다면
무기력해지고 흥미를 잃기 쉽습니다.

즐거움이 빠진 삶은 무기력해지기 쉽습니다.
몸에 저항력이 떨어져 질병에 걸리기 쉽습니다.
재미없는 삶은 쉽게 피로해지고 지치게 됩니다.

사는 데 의미가 없으면 허무감에 빠지기 쉽습니다.
의미를 느끼지 못하면 기쁨도 일어나지 않습니다.
삶의 의미를 찾을 때 더 기쁘고 한층 충만해집니다.
즐겁게 살면 몸에 활력이 붙게 되고 얼굴도 환해집니다.

즐겁기는 한데 의미가 없는 일이라도 자세히 살펴보면
자신이 몰랐던 숨어 있는 의미를 발견할 수 있습니다.
의미는 있는데 즐겁지 않은 일이라도 마음먹기에 따라
얼마든지 즐거운 일로 바꿀 수 있습니다.

하는 일이 즐겁지도 않고 의미도 느끼지 못한다면
로봇처럼 습관적이고 기계적으로 일을 하게 됩니다.
일에 대한 열의가 떨어지고 불성실하게 됩니다.

하는 일에 의미와 즐거움이 없다면 정신적으로 방황하게 되고
쉽게 갈등 속에 빠지게 됩니다.
당신이 하는 일에서 즐거움과 의미를 찾으세요.
관심을 가지고 찾아보면 찾을 수 있습니다.

현재에서 행복을 찾으라

많은 사람들은 미래에 다가올 행복을 담보로
현재의 행복을 희생하며 살아가고 있습니다.
현재를 고통으로 받아들이면서 미래에서 행복을 찾습니다.

'부자가 되면 행복해지겠지, 승진을 하면 행복해지겠지,
합격을 하면 행복해지겠지, 사업이 잘되면 행복해지겠지,
결혼을 하면 행복하겠지, 퇴직을 하면 행복하겠지' 하면서
항상 미래에 있는 행복을 찾고 있습니다.

하지만 행복은 미래에 있지 않고 항상 현재에만 있습니다.
현재를 벗어난 다른 곳에서는 행복을 찾을 수 없습니다.
따라서 현재 행복하지 않으면 영원히 행복할 수 없습니다.

평범하게 살라

평범하게 사는 사람들이 행복합니다.
대부분의 사람들은 부자가 되거나 출세하고 싶어 하지만
진정한 행복은 평범하게 살 때 찾아오지요.

평범하게 살아야 평온한 삶을 살 수 있습니다.
평범하게 살아야 단순하고 간소하게 살 수 있지요.
평범하게 살아야 자유와 행복을 느낄 수 있습니다.

행복은 항상 당신의 평범한 일상생활 속에 있습니다.
평범하게 살지 않으면 욕망의 노예가 되기 쉽지요.
평범하게 살지 않으면 자기답게 살기 어렵지요.
평범하게 살지 않으면 세상사에 휘말리기 쉽지요.

평범하게 살면 누가 알아주지는 않지만
그 대신 평온함 속에서 마음의 여유와 행복을 얻게 됩니다.
평범하게 살아야 남에게 휘둘리지 않고,
자기 인생의 주인으로 살 수 있습니다.

홀로 있는 공부

세상에 홀로 사는 것 이상의 좋은 공부는 없습니다.
홀로 사는 것 자체만 가지고도 좋은 공부가 됩니다.
머리를 복잡하게 하는 것들을 모두 멀리하고 혼자 지내보세요.
신문, TV, 인터넷, 휴대폰 등을 멀리하고 혼자 지내보세요.

머리를 어지럽히는 복잡한 삶에서 벗어나 홀로 지내보세요.
낯선 시골집에서 고요하고 한가롭게 혼자 지내보세요.
홀로 있으면 본질적인 문제와 부닥치게 됩니다.
혼자 지내게 되면 존재의 근원과 만나게 됩니다.

홀로 있을 때 진정한 자기 자신과 만날 수 있습니다.
홀로 있을 때 자신의 내면의 소리를 들을 수 있습니다.
홀로 있을 때 비로소 전체와 함께 있게 됩니다.

다코다 족 인디언 오히예사는 이렇게 말했습니다.

"진리는 홀로 있을 때 우리와 더 가까이 있다.

홀로 있음 속에서 보이지 않는 절대존재와 대화하는 일이

인디언들에게는 가장 중요한 예배다.

자주 자연 속에 들어가 혼자 지내본 사람이라면

홀로 있음 속에는 나날이 커져가는 기쁨이 있다는 것을 알 것이다.

그것은 삶의 본질과 맞닿는 즐거움이다."

행복의 치유

행복은 사람을 치유합니다.
행복하면 얼어붙었던 마음이 녹게 됩니다.
행복하면 아무리 아픈 상처도 아물게 됩니다.
행복하면 마음속에 맺힌 것이 풀리게 됩니다.

행복을 느끼면 자연스럽게 치유가 됩니다.
행복감을 느끼면 뇌에서 치유의 호르몬이 분비됩니다.
행복감을 느끼면 몸속에 자리 잡고 있던 스트레스, 분노,
미움, 불안, 우울 등 부정적인 에너지가 타버립니다.

행복한 사람은 다른 사람도 치유합니다.
행복감을 자주 느끼면 치유의 기적이 일어납니다.
행복한 사람과 함께 있으면 옆에 있는 사람도
더불어 행복해지고 그 기운으로 치유가 일어납니다.
당신이 행복하면 이웃도 치유되고 세상도 치유됩니다.

세상의 행복은 당신으로부터 비롯됩니다.
당신이 행복하지 않으면 남을 행복하게 할 수 없지만
당신이 행복하면 이웃도 행복하고 세상도 행복해집니다.

행복하면 평안해지고 부드러워집니다.
행복하면 마음이 평온해져서 조화로운 삶을 살게 됩니다.
당신이 행복해지면 가정과 직장과 세상도 따라 평안해집니다.

행복하면 마음이 풀려서 봄바람처럼 부드러워집니다.
행복하면 마음이 너그러워져서 대인관계가 원만해집니다.
행복하면 낙천적으로 변하고 긍정적으로 생각하게 됩니다.
행복하면 마음이 넓어져 남의 잘못도 쉽게 용서하게 됩니다.
어떤 것도 인정하고 받아들일 수 있게 됩니다.

행복하면 주의력과 집중력이 좋아집니다.
행복을 느끼면 공부가 더 잘되고, 일의 능률도 더 잘 오르며
안전사고도 줄어들게 됩니다.

참으로 행복해지는 법

많은 사람들은 행복을 소유에서 찾습니다.
자신이 갖지 못한 것을 갖게 될 때 행복할 거라고 생각을 합니다.
하지만 진정한 행복은 소유에 있는 게 아니고 존재하는 데 있습니다.
존재한다는 것은 지금 이 순간을 알아차리고 음미하는 것입니다.
존재한다는 것은 지금 이 순간을 생생하게 경험하는 것입니다.
과거나 미래가 아니라 온 마음을 다해 현재를 산다는 뜻입니다.

진정으로 지금 이 순간을 살면 이유 없이 행복해집니다.
참으로 이 순간에 존재할 줄 알면 무조건 행복할 수 있습니다.

지금 이 순간에 존재하게 되면 불안과 슬픔이 사라집니다.
지금 이 순간에 존재하게 되면 갈증과 허기가 사라집니다.
지금 이 순간에 존재하게 되면 집착과 걱정이 사라집니다.

지금 이 순간을 온전히 느끼고 경험하면 충만해집니다.
소유에서 벗어나 존재하게 될 때 우리는 비로소 완전해집니다.
언제나 존재할 줄만 알면 까닭 없이 행복해질 수 있습니다.

모든 것을 멈추고 지금 이 순간으로 돌아오세요.
모든 생각을 멈추고 지금 이 순간을 느껴 보세요.
이 순간으로 돌아와 생생하게 느끼고 경험하세요.

문제가 있는 곳에 해답이 있다

우리는 살아가면서 수많은 문제와 만나게 됩니다.
우리 인생에는 끝없이 해결해야 할 문제가 주어지고,
살아가면서 풀어야 할 숙제가 수시로 생겨납니다.
그때마다 우리는 어떻게 해야 할지
고민에 빠지기도 하고 힘들어하기도 합니다.

우리는 문제를 통해서 세상을 배우고 경험하게 됩니다.
살아가면서 어려운 일이 생기거나
크고 작은 문제들이 생기면 회피하려 하지 말고
'내게 공부할 기회가 찾아왔구나!' 하고 담담하게 받아들이세요.

문제가 생기면 멀리서 그 해답을 찾으려고 하지 마세요.
문제가 있는 곳에 반드시 해답이 있습니다.

어떤 문제가 생기면 먼저 마음을 평온하게 만들어 보세요,
잠시 동안 눈을 감고 배에 주의를 집중한 채
숨을 마시고 내쉬면 점차 마음이 평온해져 옵니다.

고요하고 차분해진 마음으로 그 문제를 바라보세요.
마음이 고요하고 평온해져야 문제가 제대로 보입니다.
마음이 평화롭지 않으면 문제를 왜곡해서 보게 되어
잘못된 결정을 하거나 오판하는 우를 범하기 쉽습니다.

마음이 바쁘면 성급한 결론을 내려놓고 나중에 후회하게 되며,
화가 나거나 불안하거나 우울하면 부정적인 생각이 일어나서
부정적인 결론을 내리기 쉽습니다.

마음이 안정되면 자신에게 이렇게 물어보세요.
'이 문제는 어디로부터 비롯되었는가?'

행복이 노후대책이다

많은 사람들이 노후를 걱정하면서 살아갑니다.
그래서 돈에 집착하고 재산증식에 열을 올리나 봅니다.
하지만 돈만 있다고 노후준비가 끝나는 것이 아니지요.

그보다 중요한 것은 건강한 몸과 고양된 영혼입니다.
아무리 재산이 많아도 노후에 몸이 건강하지 못하거나
마음이 편안하지 못하면 불행해지기 쉬우니까요.

가장 좋은 노후대책은 행복입니다.
건강을 지키는 가장 좋은 방법은 행복하게 사는 것이지요.
행복한 사람은 쉽사리 질병에 희생당하지 않기 때문입니다.
행복하면 면역력이 강화되고 자연치유력이 회복되지요.
행복감을 느끼면서 밝게 사는 사람에게는
병이 쉽게 침투하거나 몸속에서 자라나지 못하기 때문입니다.

욕심과 집착을 버리면 행복해집니다.
있는 그대로 받아들이면 행복해집니다.
주어진 대로 만족하면 행복해집니다.

해답은 마음 안에 있다

모든 것은 마음으로 통하고 모든 것은 마음 안에 있습니다.
그래서 일찍이 현인들은 마음 밖에서 찾지 말라고 한 것입니다.

마음이 천당과 지옥을 만들고 행복과 불행도 마음이 만듭니다.
예수님도 천당은 우리 마음속에 있다고 하였으며,
부처님도 마음이 바로 부처이니
마음속에서 부처를 찾으라고 한 것입니다.

그래서 진리를 마음 밖에서 찾지 말고 마음 안에서 찾아야 합니다.
마음 밖에서 신을 찾고 부처를 찾으면
평생을 노력해도 찾지 못합니다.

왜냐하면 이미 우리 안에 있는 신과 부처를
마음이 흐려서 보지 못할 뿐이기 때문입니다.
명상으로 마음이 고요하고 평온해지면
당신의 내면에서 언제든지 신과 부처를 만날 수 있습니다.

경전이나 책은 안내 표지판이지 진리 자체가 아닙니다.
침묵을 통해서 내면으로 들어가야 근원에 이르게 됩니다.
마음속으로 들어가야 영성과 연결이 되고,
당신이 누구인지 깨닫게 됩니다.

제2장

나를 만나야
나로
살 수 있다

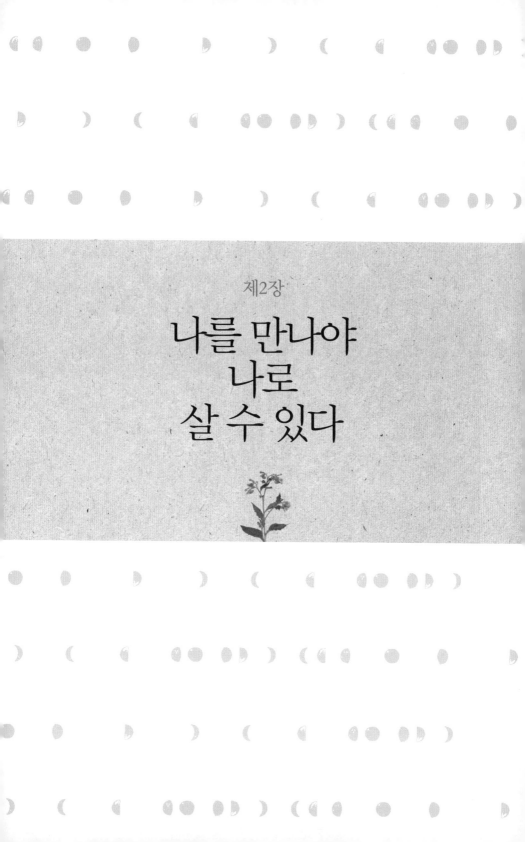

세상을 아는 길

세상을 알려면 나를 공부해야 합니다.
나를 알면 자연히 세상을 알게 됩니다.
아무리 세상 공부를 많이 해도 나를 모르면
세상을 제대로 안다고 할 수가 없습니다.

세상을 모두 안다 해도
나를 모르면 세상을 모르는 것과 마찬가지입니다.
왜냐하면 내 안에 세상이 모두 있기 때문이며
내가 세상을 창조하는 당사자이기 때문입니다.

나를 알려면 먼저 밖으로 향해 있는 시선을
안으로 돌려서 나를 바라보아야 합니다.
나를 알려면 우선 내 마음을 알아야 합니다.
왜냐하면 세상과 나는 분리될 수 없는 하나이며
세상은 내 마음의 투사요, 반영이기 때문입니다.

내가 무슨 마음으로 사는지, 어떤 마음을 먹고 있는지 알아야
세상을 바로 알 수 있습니다.
내가 어떻게 살고 있는지 모르면서
세상을 알려고 해도 올바로 이해할 수 없습니다.

나와 세상이 조화를 이룰 때 세상은 아름다운 낙원이 되지만,
그렇지 못하면 세상은 고통의 바다로 변하기 쉽습니다.

멈춤

요즘 사람들은 대부분 무언가에 쫓기면서 삽니다.
마치 무엇에 홀린 사람처럼 정신없이 살아갑니다.
많은 사람들이 시간에 쫓기고 일에 쫓깁니다.
출퇴근시간에 쫓기고, 납품시간, 마감시간에 쫓깁니다.

마음이 바쁘니 몸도 따라 바쁘고 발걸음도 바삐 움직입니다.
습관적으로 밥을 빨리 먹고 차와 술도 빨리 마셔 버립니다.
습관적으로 자동차 신호를 무시하거나 과속을 하기도 합니다.
바쁘지도 않으면서 습관적으로 고속도로에서 추월을 합니다.

바쁘게 살다 보면 몸보다 마음이 앞서 바쁘게 됩니다.
그래서 스트레스를 받고 신경질이 나고 불안해집니다.

쫓기면 그 순간부터 당신의 삶은 왜곡됩니다.
바쁘면 지금 이 순간을 온전히 살지 못합니다.
이 순간을 생생하게 경험하지 못하고 스쳐 지나갑니다.
쫓기는 마음 때문에 현재 이 순간을 놓치게 됩니다.

가끔씩 잠깐 멈춰 서서 당신을 바라보세요.
왜 지금 바쁜지 당신에게 물어보세요.
무엇에 쫓기고 있는지 당신에게 물어보세요.

바쁘지도 않으면서 습관적으로 쫓기고 있지는 않은지,
바쁨이 몸에 배어서 자신도 모르게 쫓기고 있지 않은지,
바쁘지 않으면 오히려 마음에서 불안을 느끼지 않는지
당신의 마음을 살펴보세요.

나를 만나는 법 ////////////////////////////////////

내 안에 있는 나를 만날 때 기쁘고 행복해집니다.
언제든지 내면으로 들어가면 나를 만날 수가 있습니다.
마음이 한가로워지면 언제든지 나를 만날 수 있습니다.

무엇에 쫓기고 있기 때문에 나를 만나지 못합니다.
어떤 것에 사로잡혀 있기 때문에 나를 만나지 못합니다.
마음이 산란하기 때문에 나를 만나지 못합니다.

마음이 바쁘지 않아야 나를 만날 수 있습니다.
조용하게 혼자 있어야 나를 만날 수 있습니다.
마음이 고요하고 평온해지면 나를 만날 수 있습니다.
휴대폰, 인터넷, TV에서 벗어나야 나를 만날 수 있습니다.

나를 만나는 가장 간편한 방법이 바로 명상입니다.
조용한 장소에서 눈을 감고 배에 의식을 모으고 호흡을 해 보세요.
두 손을 깍지 낀 채 배 위에 얹어놓고 하면 집중이 더 잘 됩니다.
그렇게 한동안 숨을 마시고 내쉬다 보면 마음이 점점 차분해집니다.
마음이 평온하고 고요해지면 내면에 있는 내가 보름달처럼 선명하게
그 모습을 드러내게 됩니다.

걷는 훈련을 통해서도 내면의 나를 만날 수 있습니다.
가끔씩 생각을 멈추고 두 발을 움직이는 것에만 집중하고 걸어보세요.
그렇게 한참 동안 걷다 보면 잡념이 사라지고 마음이 고요해지고
평온해지면서 내면에 있는 순수한 나를 만나게 됩니다.

마음만 먹으면 일상생활 속에서도 잠깐씩 나를 만날 수 있습니다.
요가나 운동을 하거나 산책을 하면서도 나를 만날 수 있습니다.
은은한 차 한 잔을 즐기면서도 나를 만날 수 있습니다.

조용하게 클래식 음악을 들으면서도 나를 만날 수 있습니다.
그 순간에 온전히 몰입하기만 하면 자연스럽게 나를 만나게 됩니다.
잡생각이 사라지고 마음이 고요해지면
언제든지 나를 만날 수 있습니다.

나를 만나면 밖에서 행복을 찾지 않아도 됩니다.
내 안에서 밝고 평온하고 순수한 나를 만나면 기쁘고 행복해집니다.
나를 만나면 허망한 것에 현혹되어 방황하지 않게 됩니다.

미움의 뿌리

미움은 어디로부터 비롯되는가?
미워하는 마음은 바라는 마음 때문에 생깁니다.
바라는 마음이 없으면 미움도 생겨나지 않습니다.

바라는 마음이 없으면 서운한 마음이 생기지 않고
서운한 마음이 없으면 미움도 생기기 않습니다.
애당초 바랐던 만큼 결과가 나오지 않으면
서운한 마음이 들고 그 서운한 마음에서 미움이 생깁니다.

미워하는 마음은 기대하는 마음에서 생깁니다.
기대하는 마음이 없으면 섭섭한 마음이 생기지 않고
섭섭한 마음이 생기지 않으면 미움도 생기지 않습니다.

자녀에게 기대했던 성적이 나오지 않으면 섭섭한 마음이 들고
그 섭섭한 마음에서 미움이 생깁니다.
이처럼 미움은 다른 사람 때문에 생기는 것이 아니라
당신 자신 때문에 생겨납니다.

그래서 남에게 바라는 마음을 내려놓고 살아야 합니다.
남에게 기대하는 마음도 모두 내려놓고 살아야 합니다.
그래야 미움에서 벗어날 수 있고
불편한 인간관계도 모두 편안해집니다.

마음 살펴보기

당신의 마음을 자주 살펴보세요.
거울 들여다보듯이 자주 들여다보세요.
우리는 하루에도 여러 번 거울을 통하여 자신의 외모를 살피면서도
마음은 살피지 않고 살지요.

행복도 마음에서 나오고 불행도 마음에서 나옵니다.
사랑도 마음에서 나오고 미움도 마음에서 나오고,
기쁨과 슬픔도 기대와 실망도 마음에서 나오지요.
우리 마음은 살피지 않으면 고통과 불만족에 빠지고
혼란과 갈등 속에 쉽게 휘말려 들고 맙니다.

거울을 들여다보듯이 자주 당신의 마음을 살펴보세요.
거울을 볼 때마다 당신의 마음도 함께 살펴보세요.
물을 마실 때마다 마음을 살펴보는 것도 좋지요.

가끔씩 하던 일을 잠깐 멈추고 가슴에 주의를 집중해 보세요.
그렇게 가슴에 집중하면 현재의 마음을 읽을 수 있으며,
불편한 마음에 끌려 다니면서 고통 받지 않게 됩니다.

자주 마음을 살피다 보면 당신의 모습도 선명하게 보입니다.
당신이 지금 어떻게 살고 있는지
당신이 무엇을 좇고 있는지
당신의 삶에서 무엇이 문제인지 보입니다.

그렇게 마음을 살펴보면 답답한 마음이 사라집니다.
읽다 보면 무겁고 우울한 마음에서 벗어날 수 있습니다.

생각의 정체

우리는 하루 종일 생각 속에서 살아갑니다.
초대하지도 않은 여러 생각이 일어나 마음을 어지럽힙니다.
생각은 하루에도 여러 번씩 천당을 만들고 지옥도 만듭니다.

우리의 생각은 대부분 불필요하고 부질없는 것들입니다.
우리가 하는 생각의 90%는 쓸데없는 잡생각이요,
우리 생각의 80%는 부정적인 생각이라고 합니다.
그래서 일어나는 생각을 알아차리지 못하면
부질없는 잡생각과 부정적인 생각에 빠져서 고통을 받게 되지요.

생각은 당신이 아닙니다.
생각은 손님이지 주인이 아닙니다.
생각은 사실도 아니고 진짜도 아닙니다.
생각은 쉼 없이 무의식의 바다에서
일어나고 사라지기를 반복하는 파도와 같습니다.

그러므로 생각에 속아서는 안 됩니다.
생각에 마냥 끌려 다녀서도 안 됩니다.
생각이 일어날 때마다 그것을 알아차리고
몇 차례 숨을 마시고 내쉬면서
본래의 때 묻지 않는 순수한 마음으로 돌아오세요.

바람이 잠잠해지면 호수가 고요해지듯이
생각이 사라지면 마음도 고요해집니다.
마음이 고요해지면 내면에 있는 진정한 나를 만날 수 있습니다.

스스로 괴롭히지 마라

사람이 죽어서 저승에 가면 가장 먼저
자신을 괴롭힌 원수가 나타난다고 하지요.
그 원수는 다름 아닌 자기 자신이라고 합니다.

알고 보면 아무도 자기 자신을 괴롭히지 못하지요.
오직 자기 자신만이 자기를 괴롭힐 뿐입니다.
타인이 자신을 괴롭힌 것 같고,
주어진 상황이 자신을 힘들게 하는 것처럼 보이지만
자세히 들여다보면 스스로 자신을 괴롭히는 것이지요.

당신이 힘들고 괴로운 것은 마음으로 붙잡고 있는 것을
놓아버리지 못하기 때문입니다.
당신이 괴롭고 힘든 것은 풀어 버리지 못한
내면에 쌓여 있는 부정적인 감정 때문입니다.

당신이 힘들고 괴로운 것은 주어진 현실을
있는 그대로 인정하고 받아들이지 않기 때문입니다.
당신이 괴롭고 힘든 것은 앞에 닥친 상황이나 현실을
부정적으로 판단하고 해석하기 때문입니다.

당신 자신을 스스로 괴롭히지 마세요.
마음속으로 붙들고 있는 것을 모두 내려놓으세요.
마음속에 맺혀 있는 매듭을 모두 풀어 버리세요.
현실을 있는 그대로 인정하고 받아들이세요.
어떤 일이 닥쳐도 긍정적으로 생각하세요.

스트레스는 암의 주범 ////////////////////////////////////

스트레스는 암의 가장 큰 원인으로 지목되고 있습니다.
대부분의 암환자들은 한 때
극심한 스트레스를 경험한 사람들이라고 합니다.

몸 안에 스트레스가 쌓이면
자율신경과 호르몬의 작용에 혼란이 생겨 면역성이 떨어집니다.
스트레스로 인해 교감신경이 긴장되면 혈액순환이 안되어
세포조직에 노폐물과 발암물질이 쌓이게 되고,
암세포를 감시하는 기능이 떨어지면서 암세포가 늘어난다고 합니다.

사람의 감정 중 산소 소비량이 가장 많은 것이 미움입니다.
남을 미워하면 폐기능이 떨어지면서
몸에 산소가 부족하여 암이 발생한다고 합니다.
미움이나 슬픔, 불안 등과 같은 부정적인 감정이 생기면
산소를 많이 소비하게 되며 몸에 열이 나게 되어
호흡대사가 깨진다고 합니다.

긴장이 되고 화가 나게 되면 에너지가 자유롭게 순환하지 못합니다.
스트레스를 받으면 기가 막히고 혈액순환이 원활하지 못하고,
몸에서 독성호르몬이 발생하면서 병이 생깁니다.

스트레스를 받는다는 것은 마음을 바라보라는 신호입니다.
스트레스를 자주 받는 것은 삶에 문제가 발생했다는 증거입니다.
따라서 스트레스를 방치해 놓지 말고 적극적으로 관리해야 합니다.

스트레스를 받으면 가슴이 답답하거나 마음이 무거워집니다.
당신이 스트레스를 받고 있다고 느낄 때 가만히 눈을 감고
배에 의식을 모으고 숨을 마시고 내쉬어 보세요.
한참 동안 그렇게 숨을 마시고 내쉬다 보면
스트레스가 사라지고 마음이 평온해져 옵니다.
마음이 평온해질 때까지 숨을 마시고 내쉬는 데 집중해 보세요.
마음이 평온해지면 그동안 보지 못했던
문제의 원인과 해결책이 보이게 됩니다.

속도 중독증

서울 사람들은 지방 사람들보다 발걸음이 빠릅니다.
한국인들은 대부분 속도에 중독되어 있습니다.
'빨리빨리' 문화가 우리의 의식과 생활 속에 깊이 뿌리를 내려
여러 가지 문제를 일으키고 있습니다.

우리는 필요 이상으로 발걸음을 바삐 움직입니다.
식사할 때도 제대로 씹지도 않고 빨리 삼켜 버립니다.
차 한 잔도 음미하면서 차분하게 마시지 못합니다.

바쁜 일도 없으면서 고속도로에서 추월하기를 좋아합니다.
신호등이 바뀌기도 전에 길을 건너가기도 합니다.
버스가 도착하기도 전에 먼저 차도에 내려가 있습니다.
자판기에서 커피가 나오기도 전에 손이 먼저 들어가 있으며,
영화가 끝나기도 전에 자리에서 일어섭니다.

이럴 때마다 '나는 어디를 향해 가는가?'하고 물어보세요.
그리고 '무엇 때문에 이렇게 쫓기는가?'하고 물어보세요.
그렇게 묻다 보면 당신 안에서 문득 자각이 일어날 것입니다.
당신이 지금 어떻게 살고 있는지 보일 것입니다.

내 병은 내가 키운다

질병은 영혼이 스스로를 표현하는 상징입니다.
병은 당신이 지금까지 어떻게 살아왔는지를
단적으로 표현한 것입니다.

병이 전달하는 상징적 언어를 알아들어야 합니다.
몸을 통해서 당신이 살아온 인생을 읽어야 합니다.
통증은 몸의 상태를 정직하게 전달하는 메시지이며
병은 당신의 영혼이 일으킨 영적인 반란입니다.

모든 병은 어느 날 하루아침에 생기지 않습니다.
씨앗이 땅속에서 서서히 자라서 밖으로 나오듯이
오랜 세월 동안 몸속에서 자라서 밖으로 드러난 것입니다.

병의 원인을 가지고 태어나도 병을 키우는 조건을
부여하지 않으면 몸 안에서 병은 자라지 못합니다.

거의 모든 병은 마음에서 비롯됩니다.

마음을 평화롭게 다스려야 병이 생기지 않으며

이미 생긴 병도 마음을 잘 다스리면 호전됩니다.

스트레스 받고, 화내고, 슬프고, 우울한 마음은 병을 키웁니다.

고요하고, 평화롭고, 밝고, 행복한 마음은 병을 치유합니다.

평소에 마음을 잘 다스려야 병으로부터 자유로워집니다.

차별심

"여자는 죽어서 시집귀신이 되어야 돼."
"여자는 집에서 살림이나 해야 돼."
"여자는 많이 가르치면 안 된다."
"암탉이 울면 집안이 망한다."

우리는 불과 20~30년 전만 해도 유교문화가 만들어낸
이런 관념에 매여 살면서 여성들을 차별했습니다.
여성들은 학교도 보내지 않고, 온갖 노동에 시달리고,
많은 차별을 받으면서 억울한 삶을 살아왔습니다.

지금 보면 얼마나 어리석고 우매한 짓이었는지 알 수 있지만,
그 당시 대다수의 사람들은 그런 고정관념 속에서 살았습니다.
여성들조차도 그렇게 생각하고 그런 말을 스스럼없이 했습니다.

우리도 지금 이런 편견을 가지고 남을 억울하게 하거나
괴롭고 힘들게 하고 있지는 않은지 주변을 살펴보아야 합니다.

'가방끈이 짧아서, 어느 학교 출신이라서, 어느 지역 출신이라서,
어느 종교를 갖고 있어서, 집안이 마음에 안 들어서' 하면서
남을 차별하거나 힘들게 하거나 괴롭히고 있는지 돌아보세요.

그때마다 당신이 편견과 고정관념에 갇혀 있다는 것을
알아차리세요.
그런 편견과 고정관념으로부터 벗어날 때
가장 먼저 자신이 자유롭고
타인에게도 평화와 행복을 선물할 수 있습니다.

사는 것이 재미없는 이유

마음이 허전하고 사는 것이 재미가 없습니까?
마음속에서 갈증이나 허기 같은 게 느껴지십니까?
흡족하지 않고 뭔가 채워지지 않는 느낌이 드십니까?

그렇다면 분명히 당신의 인생에 문제가 있습니다.
지금 사는 것에서 의미와 즐거움을 느끼지 못한다면
당신의 인생을 돌아보아야 할 때입니다.

지금 당신이 무엇에 쫓기고 있지 않은지 살펴보세요.
무엇을 움켜잡으려고 애를 쓰고 있지는 않은지 살펴보세요.
지금보다 멋진 외모와 더 많은 돈과 명예를 좇고 있거나
감각적인 쾌락을 좇고 있지 않은지 살펴보세요.
지금 당신이 너무 물질적인 삶에 치중되어 있거나
너무 육체적인 삶에 경도되어 있지 않은지 돌아보세요.

소유에 대한 갈망에서 벗어나 지금 이 순간으로 돌아오면
본래의 평온한 자기 자신을 만날 수 있지요.
무엇을 움켜잡으려는 마음에서 벗어나기만 하면,
금세 마음이 평온해지고 기쁨이 차오릅니다.

모든 것을 멈추고 배에 의식을 집중하고 숨을 마시고 내쉬어 보세요.
그렇게 잠시 동안 호흡을 하면서 지금 이 순간에 머물러 보세요.
당신의 내면에서 존재의 기쁨이 꽃처럼 피어오를 것입니다.

화를 자주 내는 이유

화를 자주 내는 것은 당신의 삶에 문제가 있다는 신호입니다.
화가 자주 나는 것은 당신의 삶이 건강하지 않다는 증거입니다.
조그만 일에도 화가 자주 일어나는 것은 당신의 내면에
아직 해결하지 못한 근본적인 문제가 있기 때문입니다.

마음이 편안하지 않고 혼란스러울 때 화가 자주 납니다.
너무 바쁘거나 일과 시간에 쫓기면 화가 자주 납니다.
당신이 무엇을 원하는지 알아차리지 못할 때 화가 자주 납니다.
스스로 부정적으로 생각하고 열등감을 느낄 때 화가 자주 납니다.

지난 과거의 상처와 아픔이 치유되지 않을 때 화가 자주 납니다.
이상적인 자기 모습과 현실의 차이 때문에 화가 자주 일어납니다.
자신을 책망하고 비난하기 때문에 화가 자주 일어납니다.
자신의 영혼과 일치된 삶을 살지 못할 때 화가 자주 납니다.

그때는 당신의 내면의 소리에 귀를 기울여야 합니다.
당신의 영혼이 왜 힘들어하는지 알아야 합니다.
당신이 진정으로 무엇을 원하고 있는지를 알아야 합니다.

당신이 진정으로 원하는 삶을 살 때 화는 사라집니다.
당신이 하고 싶은 일을 하면서 살 때 화는 사라집니다.
당신의 영혼과 일치된 삶을 살 때 화는 사라집니다.
당신과 조화를 이루는 삶을 살 때 화는 사라집니다.

치유의 기적 //

병을 치료하려면 먼저 마음의 병부터 치료해야 하지요.
마음속에 아픈 상처와 기억을 지니고 있으면 좋은 약을 써도
약효가 잘 안 듣고 병이 빨리 낫지 않기 때문입니다.

마음속에 분노와 미움이 자리 잡고 있으면 치료가 잘 안됩니다.
마음속에 슬픔과 두려움을 간직하고 있으면 치료가 잘 안됩니다.
그래서 다치고 상처 난 마음은 반드시 치유해줘야 합니다.

마음의 상처가 아물고 아픔이 사라질 때 치료가 되기 시작하지요.
종종 암환자가 조용한 자연에서 살다 보면
치료가 되는 경우가 있습니다.
그것은 마음이 치유되어
몸과 마음이 균형과 조화를 되찾기 때문이지요.
그래서 자연치유력이 회복되면서 몸이 치료가 된 것입니다.

우리는 몸에 상처가 나거나 다친 곳이 생기면
반드시 약을 바르거나 꿰매는 등 적극적인 치료를 합니다.
하지만 마음에 난 상처와 아픔은
무시하거나 그냥 방치해 버린 채 살아갑니다.

살아가면서 다치고 상처 난 마음도 치료해 주어야 하지요.
그렇지 않으면 자신도 모르게 성격에 변화가 생기지요.
마음이 치유되지 않으면 차갑거나 난폭해지기 쉽지요.
그런 마음은 사고를 치거나
여러 가지 정신장애로 발전해 갈 수도 있고요.

마음의 상처는 세월이 가도 좀처럼 잊히지 않아서
몸과 무의식에 그 흔적을 남기게 된다고 하지요.
마음의 병이 보이지 않는다고 무시하고 덮어놓으면
언젠가는 질병으로 성장하고 밖으로 나타나게 되지요.

몸이 잊지 못한 마음의 상처가 밖으로 드러난 것이
바로 병이라고 하잖아요.
그래서 마음의 상처는 반드시 치료해야 합니다.

영혼의 갈증

마음이 허전합니까?
마음이 불안합니까?
마음이 우울합니까?
화가 자주 납니까?
마음속에서 갈증을 느끼십니까?

당신의 영혼이 힘들어하고 있습니다.
당신의 영혼이 조용하게 소리치고 있습니다.

당신의 내면의 소리를 들어보세요.
당신의 영혼과 대화를 나누세요.
단 하루라도 좋으니 혼자서 조용히 지내면서
당신의 내면의 소리를 들어보세요.

당신의 영혼과 마주할 때 당신은 치유될 것입니다.
찢기고 상처 난 당신의 영혼은 편히 쉴 것입니다.
당신이 무엇을 말하는지 귀 기울여 보세요.
당신의 영혼이 무엇을 원하는지 귀 기울여 보세요.

당신이 귀 기울이면 당신은 듣게 될 것입니다.
어떻게 살아야 하는지 영혼의 외침을 듣게 될 것입니다.
당신이 무엇을 위해서 살아야 하는지 알게 될 것입니다.

당신은 비로소 당신 자신으로 돌아올 것입니다.
이제까지 느껴보지 못했던
참된 기쁨과 진정한 행복을 맛보게 될 것입니다.

단순하게 살아야 하는 이유

사람들은 바쁜 것을 당연하게 생각하고
바쁜 것이 좋은 것이라고 말하기도 합니다.
하지만 분명히 바쁜 것은 미덕이 아니라 악덕입니다.
왜냐하면 바쁘면 마음의 균형이 깨져서 행복을 느끼지 못하고
삶의 중심을 잃어버리기 쉽기 때문입니다.

바빠서 마음의 균형이 깨지면 혼란에 빠지게 됩니다.
바빠서 허둥대다 보면 정신적으로 방황하게 됩니다.
바쁜 가운데도 마음만은 바쁘지 않게 살아야 합니다.
그래서 우리 조상들은 바쁠수록 돌아가라고 했습니다.

바쁠수록 오히려 한 템포를 늦추어야 합니다.
바쁠 때 속도를 늦추면 삶이 조화로워집니다.
바쁠수록 단순하게 살도록 노력해야 합니다.

단순하게 살면 혼미해지지 않게 됩니다.
단순하게 살아야 마음의 여유를 되찾게 됩니다.
삶이 단순해지면 마음이 균형을 회복하게 됩니다.
바쁘면 혼이 빠져 버린 로봇 같은 삶을 살게 됩니다.
마음이 바쁘면 습관적이고 기계적으로 움직이면서
순간순간을 살지 못하고 죽어 있는 삶을 살게 됩니다.

마음이 한가로울 때 본래의 자신을 회복하게 됩니다.
본래의 자기 자신으로 돌아올 때 가장 충만해집니다.

3분의 여유

운전 중에 마음이 다급해질 때 마음을 살펴보세요.
신호를 기다리고 있을 때 조급증이 생기는지 살펴보세요.
당신의 마음이 무엇에 쫓기고 있는지 알아차려 보세요.

신호 대기 시간은 길어야 3분입니다.
하루에 3분도 참고 기다리지 못한다면
당신은 조급증 환자일지도 모릅니다.
빨리빨리 문화에 길들여져 마음의 병이 든 것이지요.
소유에 중독이 되어 마음이 급하고 쫓기는 지도 모릅니다.

마음의 여유를 회복해야 합니다.
본래의 고요하고 평온한 마음을 되찾아야 합니다.
시간에 쫓기다 보면 스트레스를 받게 됩니다.
스트레스는 화를 불러오고 화를 참고 억압하면
성격이 날카로워집니다.
날카로워진 성질은 언제 사고칠지 모릅니다.

항상 느긋하게 여유 있는 마음으로 운전하세요.
본래의 순수하고 여유로운 마음을 회복하세요.
운전할 때 조급한 마음, 쫓기는 그 마음을 살펴보고
그 마음에서 즉시 벗어나세요.

평온한 마음으로 돌아와 운전을 하세요.
숨을 마시고 내쉬면서 마음을 안정시키세요.
운전을 하면서도 숨을 마시고 내쉬어 보세요.
콧속으로 공기가 드나드는 것을 알아차려 보세요.

영혼의 소리

세상에서 가장 중요한 것은 자기 자신과의 대화입니다.
사람들은 타인과의 대화는 소중하게 생각하면서도
정작 자기 자신과는 진정한 대화를 나눌 줄 모릅니다.

자기 자신과 대화를 나누지 않으면 삶에 서서히 균열이 생기게 됩니다.
당신의 영혼이 하는 소리를 듣지 않고 외면하거나 억눌러 버리면
나중에 틀림없이 몸으로 치고 나옵니다.
영혼과 하나 된 삶을 살지 않으면
몸과 마음의 균형과 조화가 깨지면서 삶이 서서히 병들어 갑니다.

머리가 복잡하고 마음이 산란하면 영혼의 소리를 들을 수 없습니다.
마음이 고요해질 때만이 자기 내면의 소리를 들을 수 있습니다.
자기 내면에서 나오는 소리는 홀로 있을 때만 들을 수 있습니다.
영혼의 소리를 들으려면 자주 혼자 있는 시간을 가져야 합니다.
그래서 예수님도 '다락방에서 홀로 기도하라'고 했습니다.

하루에 한 시간이라도 혼자 있는 시간을 가져 보세요.
퇴근 후에 집에 오면 휴대폰, 인터넷, TV 등을 꺼놓고
그냥 조용히 혼자 어슬렁거리면서 지내보세요.

청소나 설거지 등 단순한 일에 집중하거나,
가만히 앉아 배에 의식을 모으고
숨을 마시고 내쉬는 명상을 해 보세요.
가끔씩 혼자 산책도 하고 혼자 등산도 하고
혼자서 여행도 하면서 한가롭게 지내보세요.

그래야 당신의 내면에서 올라오는 소리를 들을 수 있습니다.
혼자서 조용하고 한가롭게 지낼 때
당신을 깨우는 영혼의 종소리는
내면 깊숙한 곳에서 울려 퍼지게 됩니다.

느낌에 깨어 있기

우리 몸의 감각기관은 아침에 눈 뜰 때부터
밤에 눈을 감을 때까지 바삐 움직입니다.
눈은 눈대로, 코는 코대로, 입은 입대로, 귀는 귀대로,
몸은 몸대로 바쁘게 움직이면서 부산한 먼지를 피웁니다.

눈으로 보고, 코로 냄새 맡고, 입으로 맛을 보고,
귀로 듣고, 몸으로 느끼면서
'좋다, 싫다, 옳다, 그르다, 잘났다, 못났다' 등
온갖 분별망상을 일으키면서 마음이 흐트러지고 정신이 혼미해집니다.

자신이 좋아하는 느낌이 일어나는 대상에는 마음이 달라붙고,
싫어하는 느낌이 일어나는 대상에서는
마음이 멀리 도망을 칩니다.

대상과 접촉하면서 일어나는 느낌에 끌려가지 마세요.
느낌은 주인이 아니라 왔다가는 손님일 뿐입니다.
느낌이 일어날 때 한 발자국 떨어져서 지켜보세요.

'지금 이런 느낌이 일어나는 구나!'하고 알아차리고
평온하고 밝고 순수한 본래의 마음으로 돌아오세요.
그렇게 수시로 일어나는 느낌을 알아차리면 갈증을
느끼지 않고 애착에 빠져 고통을 받지 않게 됩니다.

생각의 고통

우리는 생각의 홍수 속에서 살아가고 있습니다.
잔잔한 호수에 바람이 불면 물결이 일어나듯이
고요한 마음에 생각이 일어나면 마음이 흔들립니다.
평온한 마음에 초대하지 않은 생각들이 찾아와서
마음을 어지럽히고 혼란스럽게 만듭니다.

잠시도 멈추지 않는 생각에 이리저리 끌려 다니면서
화를 내기도 하고 울기도 하고 불안해하기도 합니다.
생각 속에 빠져서 지나간 과거 때문에 괴로워하고
아직 오지 않은 미래 때문에 걱정을 하기도 합니다.

당신의 마음을 잡아 흔드는 생각을 알아차리세요.
이 생각 저 생각이 일어날 때마다 장단에 놀아나지 말고
그 생각을 알아차리고 조용하게 바라보세요.

생각은 주인이 아니라 잠깐 왔다가는 손님입니다.
생각은 실체가 없고 수시로 변해가는 허구입니다.
마음속에 쓸데없는 생각이 없어야
지금 이 순간을 생생하고 온전하게 살 수 있습니다.

마음이 괴롭고 힘들 때는 생각 없이 지내보세요.
의도적으로 생각을 쉬고 한동안 지내보세요.
잠시도 멈출 줄 모르는 생각으로부터 벗어나면
마음이 편안해지는 것을 느끼게 될 것입니다.

인간관계를 단순하게

평화롭고 조화로운 삶을 살려면
무엇보다도 인간관계를 단순하게 정리할 필요가 있습니다.
그래야 이리저리 흔들림 없이 안정된 삶을 살 수 있습니다.
인간관계가 복잡하면 자기만의 삶을 살기 어렵습니다.
필요 이상으로 많은 사람들과 관계를 맺으면
마음이 혼란스럽고 사는 데 쉽게 지치고 힘들어집니다.

인간관계가 복잡하면 평정심을 유지하기가 어렵습니다.
불필요한 인간관계는 복잡한 일과 사건으로 연결이 됩니다.
형식적인 인간관계 때문에 이리저리 끌려다닐 필요는 없습니다.
자기향상에 도움이 되지 않는 인간관계는 피하는 게 좋습니다.

인간관계가 단순하면 마음이 평온해지고 한가로워져서
현재에 집중하면서 지금 이 순간을 온전하게 불태울 수 있습니다.
인간관계가 단순해야 조화롭고 균형 잡힌 삶을 살 수 있으며
평온한 마음과 안락한 생활을 할 수 있습니다.

내면에서 해답을 찾아라

우리는 살아가면서 무엇을 선택하거나
무슨 결정해야 할 문제가 생기면,
이리저리 머리를 굴리고 재고 유불리를 분석한 후 결정을 합니다.
하지만 이런 식의 결정은 많은 경우
오판과 실패를 불러오기 십상입니다.
왜냐하면 가슴이 내린 결정이 아니라
머리가 내린 결정이기 때문입니다.

문제가 생기면 그렇게 머리로 따지고 분석하지 말고
그 문제를 가슴에 품고 며칠 동안 조용히 지내보는 것이 좋습니다.
그러다 보면 어느 순간 섬광처럼 뜻밖의 해답이 떠오릅니다.

또 한 가지 내면에서 해답을 찾는 다른 방법이 있습니다.
빈 종이 한 장을 앞에 두고 해결해야 할 문제의 제목을 써놓고
'어떻게 해야 하는가?'하고 질문을 던진 후
조용히 숨을 마시고 내쉬면서 평온한 마음으로 앉아 있어 보십시오.
머리를 굴리거나 생각하지 말고
마음을 텅 비우고 그렇게 한참 동안 있다 보면
내면에서 해답이 번개처럼 스쳐 지나갑니다.

그것은 머리가 내린 결정이 아니라 가슴이 내린 결정입니다.
머리를 굴려서 얻은 해답이 아니라 가슴을 통해 나온 영감이지요.
사고를 통해 나온 해답이 아니라 직관을 통해서 나온 결정입니다.

가슴으로 결정하고 가슴으로 살 때 가장 후회 없는 삶을 살게 됩니다.
지혜는 가슴에서 나오지 머리에서 나오지 않기 때문입니다.

마음 바라보기

당신에게 자주 이렇게 물어보세요.
'나는 지금 이 순간 평화로운가?'

만약 지금 당신의 마음이 평화롭지 않다면
그것은 분명히 마음에 걸리는 문제가 있기 때문일 것입니다.
당신의 마음이 편안하지 못하다면
분명히 당신이 무엇인가에 붙잡혀 있기 때문입니다.

다시 이렇게 물어보세요.
'나는 무엇을 붙들고 있는가?'
이렇게 묻다 보면 당신 안에서 해답을 찾게 될 것입니다.
무엇이 마음의 평화를 깨뜨렸는지 알게 될 것입니다.
왜 당신의 마음이 불편한지 알게 될 것입니다.

다시 이렇게 당신에게 물어보세요.

'내가 붙들고 있는 그것이 영원한 것인가?'

'내가 놓지 못하고 있는 그것이 진정으로 내 것인가?'

마음으로 붙잡고 있는 것들을 모두 놓아버리세요.

아무것도 남겨두지 말고 허공처럼 마음을 텅 비우세요.

당신의 마음을 비우는 순간 평화로워질 것입니다.

당신이 모두 놓아버리는 순간 새처럼 자유로워질 것입니다.

의미와 가치 있는 일 ///////////////////////////////////////

누구나 자신이 하는 일에서 의미와 가치를 발견해야 합니다.
자신의 직업을 단순한 돈벌이 수단으로만 생각하면
사는 데 흥미를 잃게 되고 의욕이 떨어지면서 점점 비참해집니다.
직장은 온전한 내 삶의 현장이요, 자기실현의 장이어야 합니다.

의미 있는 일을 하는 사람은 행복합니다.
가치 있는 일을 하면서 사는 사람은 평온합니다.

지금 당신이 하는 일 속에서 의미와 가치를 찾아보세요.
지금 당신이 하는 일이 가족을 위한 일이고,
다른 사람을 위한 일이고, 세상을 위한 일이라면
당신이 무슨 일을 하고 있든지
의미 있고 가치 있는 삶을 살고 있는 것입니다.

음식점 종업원이 단순한 돈벌이 수단으로 일을 하는 게 아니라
자녀교육을 위해서 자신을 희생하고,
손님의 건강과 행복을 위해서 일을 하면
그 일은 아주 의미 있고 숭고한 일이 됩니다.

회사원이 지금 하는 일을 마지못해서 하는 게 아니라
다른 사람들에게 도움이 되고
세상에 기여하는 일이라는 믿음을 가지고 한다면
그 일은 세상에서 가장 의미와 가치 있는 일이 됩니다.

정치인이 자신의 출세와 부귀영화를 위해서 일을 하면 큰 문제이지만
국민의 행복과 세상의 평화를 위해서 자기소임을 다하고 있다면
가치 있고 의미 있는 삶을 살고 있는 것입니다.

특별한 공부

마음이 괴롭고 힘들 때는 이렇게 한번 해보세요.
사는 것이 재미가 없고 의미가 없을 때 이렇게 해 보세요.

가끔씩 공동묘지에 가서 한참 동안 앉아 있어 보세요.
화장터에 가서 죽은 사람이 불 속에 들어가서
한 줌의 재로 변해 나오는 장면을 지켜보세요.
병원 중환자실에 가서 생사의 기로에 서서
고통을 받으며 신음하고 있는 사람들을 살펴보세요.

없다고 기죽을 일도 없고 못났다고 힘 빠질 일도 없고,
잘났다고 폼 잡을 일도 없다는 것을 깨닫게 됩니다.

죽음 자체가 인생의 큰 공부가 됩니다.
세상에 죽음 이상의 큰 스승은 없습니다.
죽음을 생각하면 어떻게 살아야 할지 해답을 얻을 수 있습니다.

죽음은 어떻게 살아야 되는지를 가르쳐 줍니다.
무엇을 위해서 살아야 되는지 깨닫게 해줍니다.
죽음으로 인해 인생이 무엇인지 새롭게 눈을 뜨게 됩니다.
죽음은 세상에서 무엇이 가장 소중한지 알게 해줍니다.

불필요한 욕심이나 집착에서 벗어날 수 있게 됩니다.
죽음은 살아 있음이 큰 축복임을 알게 해줍니다.
지금 살아 숨 쉬고 있음에 감사하게 됩니다.

참나를 만나기

마음이 불안하거나 우울할 때나 화가 날 때
혹은 번뇌 망상이 일어나 마음이 산란할 때
만트라 명상을 하는 것이 좋습니다.

'찬미예수, 예수그리스도, 나무아미타불, 옴마니반메훔' 등
단조로운 소리를 계속해서 반복하여 읊조립니다.

자신이 귀로 들을 수 있는 만큼의 소리를 내어 하는 것이 좋습니다.
입으로 하는 소리를 귀로 들으면 울림이 전해져서
자신의 영혼과 하나가 되면서 몸과 마음이 차분해지고 안정이 됩니다.

마음의 고통을 만트라를 통해 치유할 수 있습니다.
만트라 수행을 하면 몸과 마음이 조화와 균형을 되찾게 되면서
저절로 치유가 되어갑니다.

만트라 수행을 하다 보면 마음이 아주 고요하고 평화로워지면서
세파에 찌들어서 오염된 무의식이 정화되고 정신이 맑아집니다.
만트라를 외우다 보면 점점 소리와 몸과 영혼이 하나가 됩니다.
무엇보다도 감정이 순화되고 마음이 안정되며,
계속하다 보면 내면에서 참된 나를 만나게 됩니다.

인상과 느낌

사람마다 풍기는 인상과 느낌이 다릅니다.
그 느낌에 따라 기분이 좋기도 하고 나빠지기도 합니다.
편안한 느낌, 따뜻한 느낌, 부드러운 느낌, 밝은 느낌,
가벼운 느낌은 기분을 좋게 하지만
차가운 느낌, 살벌한 느낌, 어두운 느낌, 무거운 느낌은
기분을 상하게 하고 불쾌하게 만들기도 합니다.

생김새보다 더 중요한 것이 인상이요, 느낌입니다.
외모가 잘생겼어도 인상과 느낌이 좋지 않은 사람은
호감을 주지 못하지만 외모가 썩 잘생기지 않았어도
인상과 느낌이 좋은 사람은 남에게 호감을 줍니다.

젊은 사람이라도 인상과 느낌이 좋지 않으면
마음이 멀리 도망가지만
늙은 사람이라도 인상과 느낌이 좋으면
가까이 다가서고 싶어집니다.

인상과 느낌은 항상 정직합니다.
인상과 느낌은 그 사람의 마음 상태를 반영한 것이고
그 사람이 살아온 삶의 모습이요, 카르마의 표현입니다.

좋은 인상과 느낌은 어떻게 만들어질까요?
인상과 느낌은 마음의 상태에 따라 스스로 만들어집니다.
마음이 고요하고 평화로워야 좋은 인상이 만들어집니다.
긍정적이고 자주 웃는 사람은 좋은 느낌이 만들어집니다.

화를 자주 내거나 불만이 많으면 나쁜 인상과 느낌이 만들어집니다.
스트레스를 자주 받거나 마음이 우울하면 나쁜 느낌이 만들어집니다.
욕심부리고 집착하면 나쁜 인상과 나쁜 느낌이 만들어집니다.

인상과 느낌은 결국 자기 자신의 책임입니다.
인상과 느낌은 자기 자신이 스스로 만들어가는 것이니까요.
타인에게 좋은 느낌을 주는 사람이 사랑받고 성공하게 됩니다.
결국 사랑도 성공도 자기 자신이 가꾸고 만들어가는 것이지요.

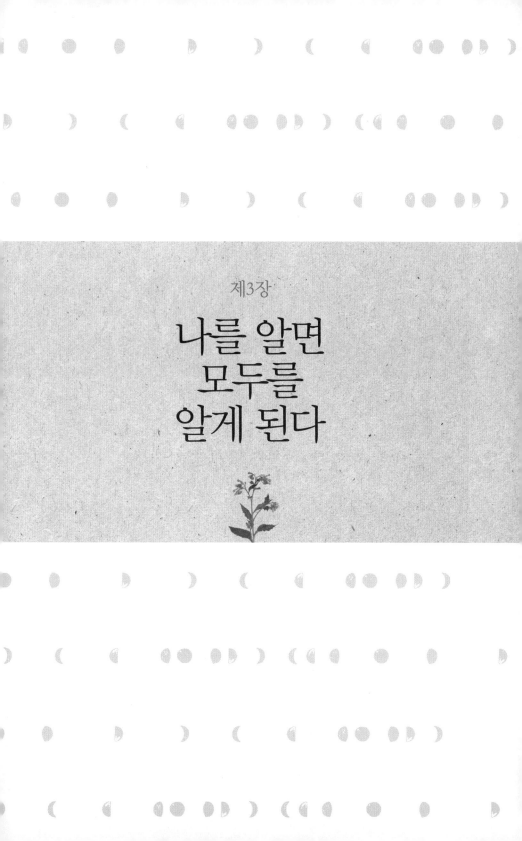

제3장

나를 알면
모두를
알게 된다

순간 충전

우리는 넘쳐나는 정보의 홍수 속에서 살아갑니다.
세상은 항상 많은 뉴스와 많은 사건들로 떠들썩합니다.
요즘 사람들은 대부분 스마트 폰, 인터넷, TV에 푹 빠져 있습니다.
우리는 필요 없는 것까지 보고 듣게 되어 머릿속이 늘 복잡합니다.
이것저것 보고 나면 마음이 산만하고 정신이 혼미해집니다.

하루 종일 여러 가지 일에 지친 머리를 쉬게 해주어야 합니다.
머리가 쉬고 마음이 편안해야 휴식다운 휴식을 할 수 있습니다.
마음이 한가로워질 때 자신의 영혼의 소리를 들을 수 있습니다.

가끔씩 하는 일을 모두 멈추고 명상을 해 보세요.
버스나 지하철이나 사무실에서도 할 수 있습니다.
배에 의식을 집중하고 숨을 마시고 내쉬어 보세요.
그렇게 5분 동안만 명상을 해도 산란한 마음이 가라앉고
복잡한 머리가 쉬면서 점점 몸과 마음이 편안해집니다.

시간을 내서 그렇게 쌓인 피로를 풀고
가끔씩 내면에 있는 진정한 자기 자신으로 돌아오세요.
그러면 뇌파가 안정이 되고 충전이 되어
머리가 맑아지고 기분이 상쾌해져 옵니다.

세상에서 가장 소중한 것

세상에서 가장 소중한 것은 자신이 누구인지를 아는 것입니다.
내가 왜 태어났으며 왜 죽어야 하고, 어디에서 와서 어디로 가는지,
무엇을 위해서 살아야 하고, 어떻게 살아야 하는지를 아는 것입니다.

무엇을 위해서 살아야 하는지를 모르는 것은
인생의 목적을 모르는 것이요,
어떻게 살아야 할지 모르는 것은
어디로 가야 할지 방향을 모르는 것입니다.
인생의 목적과 방향을 모르면 방황하게 되고
당신의 인생은 표류하게 됩니다.
동서양의 많은 성자들이 그랬듯이 명상을 통해서 그 해답을 찾으세요.

그 해답은 고요한 당신의 내면에 있습니다.
밖에서 찾으려 하면 영원히 찾을 수 없습니다.
당신의 안으로 들어가서 그 해답을 찾으세요.
당신 안에서 항상 고요하게 깨어 있는 스승을 만나세요.
지식으로 책으로 머리로는 그 해답을 얻을 수 없습니다.
'나는 누구인가?'하고 자기 자신에게 물어보세요.
당신에게 묻고 또 묻다 보면 답변을 듣게 될 것입니다.

내가 모르는 내가 있다

우리는 내가 내 자신을 가장 잘 안다고 생각하지만
내 속에는 내가 모르는 내가 더 많이 있습니다.

내가 아는 '나'는 나의 전부가 아닙니다.
내 안에는 분명히 내가 모르는 내가 있습니다.
천사의 모습이 있는가 하면 때로는 악마의 모습도 있고,
어린 아기의 모습이 있는가 하면 늙은이의 모습도 있고,
여성적인 모습이 있는가 하면 남성적인 모습도 있습니다.

용감한 면이 있는가 하면 비겁한 면도 있고,
뛰어난 면도 있지만 못난 면도 있습니다.
나도 모르는 허약한 모습과
나도 모르는 강직한 모습도 있습니다.
한없이 너그럽고 바다처럼 넓은 내가 있는가 하면,
바늘 하나 꽂을 데가 없이 마음이 옹졸하고 속 좁은 내가 있습니다.

보통 내가 아는 나는 왜곡되어 있는 경우가 많습니다.
우리는 보통 자신에게 후한 점수를 주기 마련이고
자신을 다른 사람과는 다른
우월하고 특별한 존재라고 착각을 하면서 살아갑니다.

종종 자신을 불필요하게 과소평가하기도 합니다.
해 보지도 않고 안 된다고 생각을 하거나,
자신이 부족하다고 생각을 하면서
'나는 안 돼'라며 자신을 스스로 제한해 버리기도 합니다.
이러한 자신에 대한 왜곡된 시각은 상황을 오판하거나
잘못된 결정을 내리게 되는 원인이 될 수 있습니다.

그래서 내가 나를 분명히 알아야 합니다.
나 자신을 알아야 온전한 삶을 살 수 있습니다.
그래야 몸과 마음이 건강하게 후회 없는 인생을 살 수 있습니다.

'나'는 육신에 갇힌 '작은 나',
에고가 주인 행세를 하는 '작은 나'가 아니라
세상과 분리되지 않은 채 우주대자연과 그대로 하나인 '큰 나'입니다.
자기 자신에 대해서 눈을 뜨면
누구나 '작은 나'에서 벗어나 '큰 나'로 살 수 있습니다.

모든 것은 나로부터 비롯된다

세상의 행복과 불행은 모두 '나'로부터 비롯됩니다.
스트레스를 받고 화가 나고 갈증을 느끼는 것은 '나' 때문이요,
마음이 허전하고 재미를 느끼지 못하는 것도 '나' 때문입니다.
불만스럽고 불안하고 답답한 것도 '나' 때문입니다.

이렇게 마음속에서 일어나는 수많은 부정적인 감정은 모두
'나'를 내세우려 하거나 '나'에게 매여 있기 때문에 일어납니다.
마음을 비우고 '나'를 내려놓으면 모든 문제는 풀립니다.

어떻게 마음을 비우고 어떻게 '나'를 내려놓을 수 있을까요?
스트레스를 받거나 화가 날 때, 혹은 우울하거나 불안할 때
그 순간을 알아차리고 이렇게 한번 해 보세요.

눈을 감고 배에 주의를 집중하고 호흡을 해 보세요.
그렇게 집중하고 5분 이상 숨을 마시고 내쉬어 보세요.
그렇게 하면 할수록 산란한 마음은 차츰 가라앉으면서
점점 고요하고 평온하고 순수해져 올 것입니다.

그러고 난 다음 의식적으로 이렇게 해 보세요.
마음으로 붙들고 있는 것을 모두 놓아버리세요.
매여 있는 것에서 벗어나 그 어디에도 물들지 않는
순수한 나로 돌아오세요.

행복으로 위장된 삶

돈과 명예와 권력을 좇는 삶은 늘 부산합니다.
바쁘고 골치 아픈 일이 자주 생기고 인간관계가 복잡하여
주변이 늘 번잡스럽습니다.

삶이 여러 가지 이해관계로 얽혀 있어 마음이 소란스럽고
시비와 알력 다툼에 휘말리기 쉽습니다.
그렇게 살면 언제든지 갈등과 혼란에 쉽게 빠지게 되어
스트레스를 자주 받고 분노에 휘말리기 쉽습니다.

일이 바쁘고 복잡해서 자기만의 삶을 살기 어렵습니다.
자신을 돌아보고 내면의 소리를 들을 여유가 없습니다.
이렇게 사는 사람들의 삶은
겉으로는 그럴듯하고 멋있어 보일지 모르지만
속은 분노와 불안에 점령당해 있습니다.
겉모습은 화려해 보여도 빛 좋은 개살구요, 속 빈 강정입니다.

그들의 가슴에는 평온한 행복의 샘물이 고이지 않습니다.
이처럼 소유지향적인 삶을 사는 사람은
깊은 행복과 참된 자유를 맛보기 어렵습니다.

고난은 선물이요, 장애는 축복이다 //////////////////////////

누구나 살아가면서 몇 번의 고난과 시련을 만나기 마련입니다.
시험에 떨어지기도 하고, 사업이 망하기도 하고,
직장에서 쫓겨나기도 합니다.
사고가 나기도 하고, 몸이 병들기도 합니다.
배신을 당하기도 하고, 실연을 당하기도 하고,
이혼을 하기도 하고, 사랑하는 사람과 사별을 하기도 합니다.

시련이 닥치면 그 당시에는 괴롭고 힘이 들지만
먼 훗날 한참 지나놓고 보면
그것은 분명히 자신에게 찾아온 큰 선물이었다는 것을 깨닫게 됩니다.
앞에 닥친 고난과 장애는
그 당시에는 견딜 수 없을 만큼 아프고 힘들지만
한참 지나고 보면 자신의 부족함을 일깨워 주었던 좋은 기회였으며,
자신의 영적 성장을 도운 축복이었다는 사실을 깨닫게 됩니다.

태풍과 지진의 발생이 생태계의 유지를 위해서 필요하듯이
우리 인생에도 적당한 시련과 장애가 필요해서 생긴 것입니다.
따라서 살아가면서 어려운 일이 닥치면 저항하지 말고
담담한 마음으로 받아들이면서 거기에서 교훈을 얻으십시오.

적당한 시련과 장애는 삶을 더 활력 있게 만듭니다.
시련과 장애가 있어야 더 진지하게 살게 됩니다.
시련을 겪어 봐야 행복을 더 깊이 느끼게 됩니다.

우물 안의 개구리

평생 동안 우물 안에서만 살아온 개구리는
우물 속이 세상의 전부라고 믿었습니다.
하루는 두꺼비가 개구리에게 찾아와서
우물 밖으로 한번 나가보라고 했습니다.

밖으로 나가면 넓은 호수가 있고 강이 있고
아주 크고 넓은 바다가 있다고 했지만 믿으려 하지 않습니다.
두꺼비는 여러 차례 개구리에게 밖으로 나가서
넓은 세상을 보라고 해도 도통 그 말을 믿지 않았습니다.

그런데 지독한 가뭄으로 우물이 모두 말라버리고 말았습니다.
그래서 그 개구리는 하는 수 없이 지치고 힘든 몸을 이끌고
간신히 그 우물 밖으로 나왔습니다.
우물 밖으로 나온 개구리는 눈앞에 펼쳐지는
세상을 보고 깜짝 놀라고 말았습니다.

정말 두꺼비가 말한 대로 우물 밖 세상에는 넓은 호수가 있고
푸른 강물이 흐르고 끝없이 넓은 바다가 펼쳐져 있었습니다.
개구리는 그때서야 자신의 어리석음을 깨닫고 후회했습니다.
하지만 너무나 오랫동안 굶주리고 지쳐 있었던 개구리는
기진맥진하여 그만 세상을 떠나고 말았습니다.

우리도 우물 안의 개구리처럼 살고 있지 않은지 돌아볼 일입니다.
내 생각만 옳고 내 사상과 내 종교만 옳고 다른 사람의 것은
그르고 잘못된 것이라고 주장하지 않는지 살펴보세요.
어떤 고정관념에 갇혀 있지 않은지 살펴보세요.

생각의 틀을 깨고 나와야 새로운 세계가 보입니다.
그래야 이제까지 보지 못했던 새로운 세상이 열립니다.
창조적인 삶을 사는 가장 좋은 방법은
고정관념으로부터 벗어나는 것입니다.

당신의 삶을 점검하라

가끔씩 자신에게 이렇게 물어보세요.
'나는 지금 무엇을 좇고 있는가?'
'나는 지금 무엇에 매여 있는가?'
'나는 지금 어디를 향해 가고 있는가?'
자주 묻다 보면 정신이 번쩍 듭니다.

그러면 자신이 무슨 욕망에 빠져 있는지
무엇에 집착하고 있는지 알 수 있습니다.
욕망과 집착은 모든 괴로움의 원인입니다.
그것을 자각하는 순간 자유로워집니다.

이렇게 묻다 보면 자신이 어디를 향해 나아가고 있는지,
무엇을 위해서 살고 있는지 자신을 점검할 수 있습니다.
그렇게 자기 자신을 점검하는 순간
과속하거나 탈선하지 않도록 자신을 조종할 수가 있습니다.

당신이 방황할 때

앞으로 어떻게 살아야 할지 몰라 방황하고 있나요?
현재 하고 있는 일에 만족하지 못하고 갈등을 느끼고 있나요?
당신이 현재 하는 일에서 의미와 가치를 찾지 못하고 있나요?

만약에 그렇다면 분명히 당신의 인생에 문제가 있습니다.
그것은 당신이 진정으로 원하는 삶을 살지 않기 때문입니다.
당신의 영혼과 일치된 삶을 살지 않기 때문입니다.

이럴 때는 당신에게 이렇게 물어보세요.
내가 가장 좋아하는 일은 무엇인가?
내가 가장 행복을 느끼는 일은 무엇인가?
나에게 의미와 가치가 있는 일은 무엇인가?

이 세 가지 물음에 대한 공통분모를 찾으세요.
머리로 따지지 말고 가슴으로 그 해답을 찾으세요.
그 일이 당신이 모든 것을 바쳐서 해야 할 일이며,
그 일이 바로 당신의 소명이고 당신의 운명입니다.

당신이 진정으로 하고 싶은 일을 하세요.
당신이 신이 나고 즐거워지는 그 일을 하세요.
그래야 진정으로 당신의 영혼을 불사를 수 있으며,
당신의 인생을 활짝 꽃피울 수 있습니다.

그렇게 살면 당신의 갈등과 방황은 모두 끝나고
마음속에 평화와 행복이 깃들게 될 것입니다.
그것이 진정으로 당신이 행복해지는 길입니다.

자기의 발견

우리는 평생 동안 공동생활을 하면서 살아갑니다.
가정에서, 학교에서, 직장에서 항상 여럿이 어울려 살아갑니다.
우리는 오랫동안 집단생활에 익숙해 있다 보니 타성에 젖어서
홀로 지내는 것을 낯설어 하거나 두려워합니다.

그래서 우리는 자기 내면의 목소리를 듣지 못합니다.
공동생활에 취해서 영혼이 외치는 소리를 듣지 못합니다.
습관적인 삶에 길들여져서 본질적인 삶을 잃어버렸습니다.

자연 속에서 아무도 없는 혼자만의 시간을 가져보세요.
소음이 없는 한적한 시골에서 단 사흘만이라도
홀로 지내면서 자신의 내면의 소리를 들어보세요.
혼자만의 호젓함 속에서 조용하게 지내보세요.

홀로 있어야 적나라하게 자신이 드러납니다.
그래야 자신의 인생의 문제점을 자기 눈으로
가장 정확하고 뚜렷하게 바라보고 파악할 수 있습니다.
자신이 어떤 사람인지, 어떻게 살아가고 있는지
티 없이 맑은 마음의 거울에 비춰볼 수 있습니다.

고독해져야 진정한 자신을 만날 수 있습니다.
홀로 지내면서 침묵 속으로 들어가야
때 묻지 않는 순수한 자기 자신을 만날 수 있습니다.

나는 누구인가?

우리는 평생 동안 '나'와 함께 살아갑니다.
저마다 '나'를 무거운 짐처럼 짊어지고 살면서
내가 '나'를 어찌하지 못해 힘들어합니다.

이 '나'라는 놈을 어떻게 해야 하는가?
이것이 우리가 안고 태어난 저마다의 숙제입니다.
내가 '나'를 어떻게 해야 편안하고 행복할 것인가?

내가 '나'를 어떻게 요리하고 '어떤 방향으로 끌고 가느냐'에 따라서
내 인생은 달라집니다.
'나'를 알고 '나'를 잘 이끌고 가면 성공적인 삶을 살지만,
나를 잘못 이끌어 가면 수많은 실패와 고통의 가시밭길을 걷게 됩니다.

그래서 일찍이 소크라테스는 "너 자신을 알라!"고 했습니다.
그 말은 수천 년이 지난 지금도 자신을 스스로 돌아보게 만들고
많은 사람들의 잠자는 의식을 깨우고 있습니다.

내가 '나'를 제대로 알면 그만큼 고통 받지 않게 됩니다.
내가 '나'를 알면 실패할 확률은 그만큼 줄어듭니다.

고통은 때로 좋은 벗이다

살아가다 보면 누구에게나 어렵고 견디기 힘든 고비가
몇 차례 찾아오기 마련입니다.

하늘이 항상 맑을 수 없듯이, 바다가 늘 잔잔할 수 없듯이
우리 인생도 항상 쾌청하고 잔잔한 날만 있을 수는 없습니다.
우리들은 고난과 시련이 닥치면 대개 그것을 회피하려 하거나
쉽게 좌절하거나 포기하려고 합니다.

우리는 괴로울 때 비로소 자기 자신을 바라보게 됩니다.
늘 좋고 즐거운 일만 있으면 그것에 눈이 멀어
자기 자신에게 시선을 돌리지 않게 됩니다.

괴로울 때 비로소 자신의 삶을 돌아보게 됩니다.
괴로우면 자신이 어떻게 살고 있는지, 무엇을 좇고 있는지,
어디를 향해 가고 있는지 돌아보게 됩니다.
고통이 없으면 적나라한 자기 자신을 보지 못합니다.

매서운 추위가 지난 후에 찬란한 봄이 찾아오듯이
뜨거운 여름 뙤약볕 아래 곡식이 여물어 가듯이
고통이 없으면 사람도 제대로 영글지 못합니다.

그래서 고통은 때로 선물이요, 축복입니다.
태풍이 지나간 후 파란 하늘이 드러나듯이
그 당시에는 보이지 않지만 한참 지난 후에
그것이 선명하게 보입니다.

건강한 대화법

세상에는 소통이 잘 안 돼서 힘들어하는 사람이 많이 있지요.
서로 대화가 안 되어 속앓이를 하는 사람이 의외로 많아요.
그 이유는 대부분 대화의 기술이 부족하기 때문이지요.

우리는 보통 상대방이 무슨 말을 하기도 전에 멋대로 판단하고
무시해 버리거나, 일방적으로 자기 말만 쏟아 버리고
상대방의 말에는 진지하게 귀를 기울이지 않는 경우가 있지요.

대화가 잘 되려면 먼저 상대방의 말을 충분히 들어주세요.
어떤 선입견도 갖지 말고 일단 들어주세요.

당신과 의견이 다르더라도 일방적으로 상대방의 말을 자르거나
윽박지르지 말고, 인내심을 가지고 진지하게 끝까지 들어주세요.
그 다음에 차분하게 당신이 하고 싶은 말을 해도 늦지 않으니까요.

당신이 상대방의 말을 진지하게 들어줄 때 상대방도
당신의 말을 진지하게 경청하면서 대화가 풀려나가지요.
대화를 나누면서 상대방의 욕구가 무엇인지 살펴보세요.

그렇게 대화를 하다 보면 서로 이해 못할 문제나
풀리지 않는 문제는 그리 많지 않을 것입니다.
상대방의 말을 진지하게 듣고 차분하게 할 말을 하게 되면
그동안 막혔던 대화의 물꼬가 확 트이게 되지요.

감성을 깨워라 ///

현대인들은 머리 위주로 살기 때문에 가슴이 메말라 갑니다.
무엇이든지 머리로 따지고 계산하는 데만 빠르고
가슴으로 깊이 느끼고 감동할 줄 모릅니다.

그래서 삶이 갈수록 삭막하고 점점 더 무미건조해집니다.
이런 삶이 지속되면 의미와 즐거움을 잃기 쉽습니다.
이런 삶이 계속되면 스트레스가 쌓이고 팍팍해집니다.

항상 삶의 아름다움을 예찬하면서 살아야 합니다.
지금 살아서 활동하고 있음을 기뻐하고 감사해야 합니다.
자연과 예술을 가까이 하면서 감동할 줄 알아야 합니다.
그래야 메마른 감성이 되살아나고 인생이 풍요로워집니다.

떠오르는 아침 해를 보고 감동할 줄 알아야 합니다.
좋은 음악을 듣고 가슴이 찡해지는 것을 느끼고,
아름다운 시를 읽고 감동할 줄 알아야 합니다.
천진난만한 아이들을 보고 사랑을 느껴야 하고,
발랄한 젊은이를 보고 사랑을 느낄 수 있어야 합니다.
장애인이나 노약자를 보고 연민의 정을 느껴야 합니다.

그렇게 살아가면서 순간순간을 느끼고 감동하고 예찬할 때
인생은 메마른 사막이 아니라 풍요로운 들판이 됩니다.
느끼지 못하고 감동할 줄 모르는 삶은 병든 삶입니다.

눈물과 기쁨과 감동은 인생의 윤활유입니다.
감성은 메마르기 쉬운 인생에 윤기가 돌게 합니다.
감성은 들녘을 적시는 이슬비 같습니다.
감성은 아름답게 피어오른 무지개입니다.

남을 이해한다는 것

남을 온전히 이해하기란 결코 쉬운 문제가 아니지요.
모든 다툼은 남을 잘 이해하지 못하는 데서 비롯됩니다.
우리는 남을 안다고는 하지만 피상적으로만 알지요.

항상 내 입장에 서서 남을 보기 때문에
나는 옳고 남은 그르게 보이는 착각을 하게 됩니다.
항상 자기중심적으로 생각하고 이기적으로 판단하기 때문에
남을 있는 그대로 이해하지 못하지요.

남을 이해하려면 그 사람의 입장이 되어 보아야 합니다.
상대방의 성장과정과 살고 있는 생활환경을 함께 보아야
그 사람을 어느 정도 이해할 수 있다고 할 수 있지요.
그래도 온전히 상대방을 이해하기는 어렵습니다.

상대방의 눈높이로 세상을 보아야 그 사람을 이해할 수 있습니다.
상대방의 나이, 직업, 학식, 상대방이 처해 있는 상황에서
세상을 보아야 그 사람을 어느 정도 이해할 수 있지요.

당신의 인생과 화해하라 //

당신이 잘못 살아왔다고 말하지 마세요.
당신이 바보처럼 살았다고 자책하지 마세요.
'그렇게 하지 말았어야지' 하고 가슴 아파 마세요.
그때 놓친 게 너무 아깝다고 아쉬워하지 마세요.

당신은 인생을 그런대로 잘 살아왔습니다.
당신은 나름대로 최선을 다해서 살아왔습니다.
당신은 그동안 소중한 경험들을 쌓아온 것입니다.
그래서 당신의 인생은 너무나 귀하고 소중합니다.

지나온 당신의 인생과 화해하세요.
당신의 인생을 비난하면 당신의 삶이 병들어 갑니다.
당신의 인생을 부정하면 당신의 삶이 무너져 갑니다.
있는 그대로의 당신의 인생을 모두 인정하고 받아들이세요.

세상에 후회 없이 사는 사람은 아무도 없습니다.

당신은 완벽할 수 없고 그 누구도 완벽하게 사는 사람은 없습니다.

사람은 누구나 실수하고 그 실수를 통해서 배우고 성숙해 갑니다.

사람은 누구나 실패하고 그 실패를 통해서 배우고 발전해 갑니다.

지나고 보면 모두 소중한 경험이고 필요했던 일들입니다.

당신의 인생은 나름대로 충분한 가치가 있습니다.

당신만의 타고난 색깔대로 당신답게 살면 됩니다.

당신이 어디에 있든 당신이 진정으로 하고 싶은 일을 하면서

당신의 인생을 유감없이 활짝 꽃피우면 됩니다.

선입견으로부터의 자유

우리는 보통 선입견을 가지고 세상을 살아갑니다.
누구를 만나거나 무슨 일을 하기 전에 선입견부터 갖습니다.
선입견은 현실과 괴리가 있는 자기중심적인 해석입니다.
선입견은 이기적인 평가요, 분석이요, 판단입니다.

선입견은 과거경험에 뿌리를 두고 있기 때문에
현실과 일치되지 않고 거의 빗나가기 마련입니다.
그래서 선입견은 오판과 실수의 원인이 됩니다.

선입견은 일종의 마음속의 잣대입니다.
자기중심적인 마음의 잣대를 가지고 매 순간 변화해가는 상황을
계산하고 지레짐작하는 좋지 않은 습관입니다.

선입견은 편견이요, 일종의 고정관념입니다.
편견과 고정관념을 가지고 사람을 상대하면
여러 가지 문제가 발생하고, 일도 순탄하게 진행되기 어렵습니다.
선입견은 스스로 자신을 속박하고 고통스럽게 합니다.

선입견은 사람과 사람을 가로막는 장애물입니다.
선입견은 일을 그르치기 쉬운 방해꾼입니다.
누구를 만나든지 무슨 일을 새로 시작하든지
선입견 없이 허공처럼 빈 마음으로 맞이해 보세요.

어떤 사람과 마주칠 때 이렇게 한번 해 보세요.
'선입견 없이 빈 마음으로 세상을 만나야지' 하고
잠깐 눈을 감았다가 뜬 후
갓난아기가 처음으로 세상을 보는 것처럼
당신 앞에 있는 사람을 새롭게 경험하세요.
그렇게 연습할수록 우리의 삶은 더 자유로워지고
더 창조적인 인생을 살게 됩니다.

사랑해야 하는 이유

우리의 삶은 자연과 다른 수많은 생명체에 의존해 있습니다.
우리는 자연의 도움 없이 빵 한 조각, 물 한 모금 먹을 수 없습니다.
다른 생명들의 희생 없이 이렇게 편안하게 삶을 유지할 수 없습니다.

우리 삶의 대부분은 다른 사람들에게 의존해 있습니다.
우리가 먹는 음식, 우리가 입는 옷, 우리가 사는 집은
모두 남들이 피와 땀으로 이루어 놓은 것들입니다.

우리가 매일 먹는 음식에는
씨를 뿌리고 가꾼 농부의 피와 땀이 스며 있고,
우리가 입고 있는 옷은 그것을 만든 사람들의 노고가 숨어 있고,
우리가 사는 집은 그 집을 지은 많은 사람들의 숨결이 담겨 있습니다.

얼핏 보면 남들은 모두 나와 상관없이 살아가는 것처럼 보이지만,
나와 남은 서로 깊이 연결되어 있으며
서로가 서로에게 영향을 주고받으면서 살아갑니다.

그래서 모두에게 감사하지 않을 수 없습니다.
서로 존중하고 사랑하면서 살아야 하는 이유가
바로 여기에 있습니다.

세상은 아름다운 꽃밭

세상은 서로 다른 사람들이 어우러져 살아가는 곳입니다.
서로 생김새와 피부색이 다르고, 살아가는 환경이 다르고,
서로의 처지와 입장이 다르고, 저마다 주어진 임무와 역할이 다르고,
사상과 종교와 문화가 다릅니다.

세상에는 똑같이 생긴 사람이 없고
똑같은 생각을 가지고 사는 사람도 없습니다.
서로 다르게 생긴 만큼 서로 다른 생각을 가지고 살아갑니다.
우리는 서로가 서로에게 아주 귀하고 소중한 존재입니다.

알고 보면 세상은 모두가 하나입니다.
너와 내가 다르지 않고 모두가 다른 이름의 '나'일 뿐입니다.
세상은 서로 다른 모양과 색깔로 어우러진 아름다운 꽃밭입니다.
서로 다른 색깔과 빛이 어우러진 한 폭의 아름다운 그림입니다.

세상에는 다양한 언어와 문화와 풍습이 있습니다.
저마다 얼굴이 다양하듯이 종교도 다양합니다.
서로 성격이 다르듯이 문화도 다양합니다.
서로가 서로의 다름과 차이를 인정하는 것이
세상의 평화를 지키고 함께 상생하는 길입니다.

서로가 서로의 다름과 차이를 인정하지 않으면
세상은 험악한 가시밭이 되지만,
서로의 다름과 차이를 인정하고 받아들일 때
세상은 아름답고 향기로운 꽃밭이 됩니다.

전체를 보는 눈

우리는 무의식중에 자신이 좋아하는 것만 보고
싫어하는 것은 피해버리는 습성을 가지고 있습니다.
좋고 싫음을 넘어서야 전체를 보는 눈이 열립니다.
그래야 창의력이 생기고 조화로운 삶을 살게 됩니다.

자신이 좋아하는 것만 가까이 하다 보면 자신도 모르게 편견이 생기고
고정관념에 갇히고 차별심이 생기게 됩니다.
그러한 습성은 은연중에 결국 자신을 묶고 그 안에 가두게 됩니다.

당신이 좋아하지 않는 것도 경험해 보세요.
당신이 싫어하는 사람도 만나보고 받아들이세요.
당신과 다른 종교와 다른 문화도 경험해 보세요.
당신과 상반된 입장의 사람들도 만나보고
다른 영역의 사람들과 만나 대화를 나누어 보세요.

마음이 내키지 않더라도 그렇게 한번 해 보세요.
그러면 새로운 눈이 열려서
이제까지 보지 못했던 것을 볼 수 있습니다.
그렇게 살아야 전체를 보는 눈이 열립니다.

균형 잡힌 사고

경쟁사회에는 일등과 꼴찌가 있기 마련입니다.
어두운 밤이 있기 때문에 밝은 낮이 있듯이
세상에는 꼴찌가 있기 때문에 일등이 있습니다.
꼴찌가 없으면 일등도 있을 수 없습니다.

잘생긴 사람은 못생긴 사람이 있기 때문에 있고
키 큰 사람은 키 작은 사람이 있기 때문에 있고
부자는 가난한 사람이 있기 때문에 존재합니다.

밝은 낮을 어두운 밤이 받쳐 주듯이
부자는 가난한 사람이 받쳐 주고,
일등은 꼴찌가 받쳐 주기 때문에 빛나고 의미가 있습니다.

합격한 사람은 불합격한 사람이 있기 때문에 합격할 수 있고,
승자는 패자가 있기 때문에 승리의 기쁨을 맛볼 수 있습니다.
성공한 사람은 실패한 사람이 있기 때문에 성공할 수 있습니다.

이처럼 세상은 저 혼자 잘나서 일등을 하는 것이 아니고
저 혼자 잘나서 합격을 하고 성공을 하는 것도 아니며,
저 혼자 잘나서 부자가 되는 것도 아닙니다.

서로가 서로를 받쳐 주기 때문에 세상이 돌아갑니다.
한쪽만 보고 다른 쪽을 보지 못하면 편견에 갇히기 쉽습니다.
양쪽을 같이 보아야 균형 잡힌 사고를 할 수 있으며
조화로운 삶을 살 수 있습니다.

제4장

나를 이겨야
세상을
이긴다

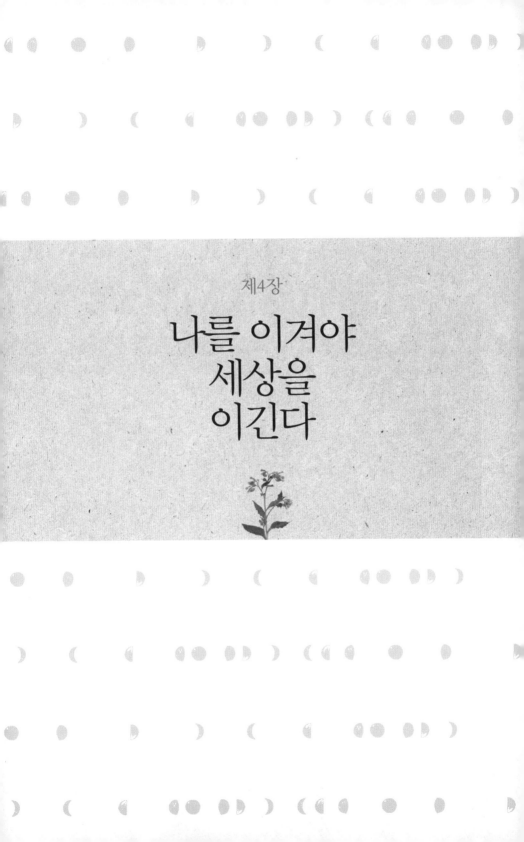

마음 다스리기

옛날부터 밖에 있는 백만 대군하고 싸워 이기는 것보다
자기 안에 있는 적과 싸워서 이기기가 더 어렵다는 말이 있습니다.

잠언에도 이와 비슷한 구절이 있습니다.
"노하기를 더디 하는 자는 용사보다 낫고,
자기의 마음을 다스리는 자는 성을 빼앗는 자보다 나으니라."

이 말은 자신의 마음을 다스리기가 그만큼 어렵다는 뜻입니다.
자기 마음을 다스릴 줄 아는 사람이 제대로 된 인생을 살게 됩니다.
우리 주변을 둘러보면 학식이 많고 지위가 높은 사람들도
자신의 마음을 다스릴 줄 몰라서
화를 자주 내거나 스트레스를 많이 받고
불안과 우울증으로 고통을 받는 경우가 많이 있습니다.

무엇보다도 자기 마음을 조절하고 다스릴 줄 알아야 합니다.
아무리 천하를 호령하는 영웅호걸도, 아무리 재산이 많은 부자도
자신의 마음을 다스리지 못하면 성공한 인생을 살기 어렵습니다.

마음이 시키는 대로 끌려 다니면서 사는 사람이 아니라
자신의 마음을 마음대로 컨트롤하고
다스릴 줄 아는 사람이 되어야 합니다.
자신의 생각을 컨트롤하고
자신의 감정과 감각과 욕구를 조절할 줄 알아야
항상 평온하고 행복하며 성공적인 인생을 살게 됩니다.

자기와의 싸움

인생이란 알고 보면 자기와의 싸움입니다.
그래서 진정으로 싸워 이겨야 할 대상은
타인이나 세상이 아니라 내 자신입니다.
1953년 인류 최초로 에베레스트 산 등정에 성공한 에드먼드 힐러리는
소감을 묻는 기자에게 "내가 정복한 것은 산이 아니라
나 자신이다"라는 멋진 명언을 남겼습니다.

내가 내 자신을 이기면 세상도 이길 수 있지만
내가 내 자신과의 싸움에서 지면
세상과의 싸움도 이길 수가 없습니다.

우리는 평생 동안 자신을 어쩌지 못해 괴로워하고
자신의 무게를 감당하지 못해 좌절하기도 합니다.
자기 자신이 최고의 자산인 동시에
때로는 최고의 적이 되기도 합니다.

모든 것은 항상 '나'로부터 시작해서 '나'로 귀착됩니다.
모든 것이 내 곁을 떠나도 끝에 가서 남는 것은 '나'입니다.
모든 문제의 원인도 '나'요, 해결책도 내 안에 있습니다.

불안하고 화나고 슬픈 것도 '나' 때문이요,
세상과의 시비와 다툼도 '나' 때문에 일어나는 현상입니다.
모든 고통도 '나' 때문에 일어납니다.

나를 괴롭히는 것은 다름 아닌 나 자신입니다.
내가 괴롭고 힘든 것은 바로 나 때문입니다.
우리는 이렇게 '나'에 걸려서 넘어집니다.

나를 제대로 알면 나를 이길 수 있습니다.
내가 누구인지를 깨닫게 되면 자유로워집니다.

구도자 정신

구도자 정신으로 살아야 자유인이 될 수 있습니다.
그렇지 않으면 남에게 속고 자신에게도 속게 됩니다.
구도자는 자기 자신과 적당하게 타협하지 않습니다.
맹목적으로 남의 말이나 사상을 믿고 따르지 않습니다.

진정으로 자유롭게 살고 싶다면 무엇이든지
자신이 직접 체험하고 확인할 줄 알아야 합니다.
잘못하면 오판하게 되고 맹신에 빠지게 됩니다.
잘못하면 평생 남의 노리개로 전락하고 맙니다.
그렇게 되면 한 번뿐인 인생이 우습게 되고 맙니다.

무엇이든지 덮어놓고 무조건 믿지 마세요.
어떤 사상과 종교도 맹목적으로 믿지 마세요.
소로우는 "아무리 오래된 사고방식과 행동양식이라도
증명되지 않는 것을 믿어서는 안 된다"고 했습니다.

붓다도 제자에게
"너 자신이 직접 확인하기 전에는 믿지 말라"고 했습니다.
아무리 오래된 역사와 전통을 가지고 있더라도
남들이 믿는다고 무조건 믿고 따르지 마세요.
그래야 자유로운 영혼으로 살 수 있습니다.

술, 담배를 끊는 법

술을 먹을 때는 그것을 먹게 하는 마음이 있지요.
담배를 피울 때도 그것을 피우게 하는 마음이 있고요.

대개 사람들은 스트레스를 받아 마음이 답답하거나 화가 날 때
불안하거나 우울하거나 기분이 나쁠 때 술이나 담배를 찾게 되지요.
마음이 허전하거나 불만족을 느끼거나 정신적인 빈곤감을 느낄 때도
자동적으로 술, 담배를 찾게 됩니다.

그런 마음의 상태가 되면 자신도 모르게 그 마음에서 벗어나고 싶어서
기계적으로 술과 담배로 도망을 가지요.
술과 담배에서 벗어나려면
우선 그러한 자신의 마음을 알아차리고 읽을 줄 알아야 합니다.

'내가 지금 스트레스를 받고 있구나!'
'내가 지금 화가 났구나!'
'내 마음이 지금 우울하구나!'
'내 마음이 불안하구나!'
'내 마음이 지금 허전하구나!' 하고
자신의 마음을 읽고 알아차리는 것이 가장 중요합니다.

그렇게 마음을 알아차린 후 호흡을 하면서
한 걸음 떨어져서 그 마음을 바라보세요.
배에 주의를 집중하고 숨을 들이마시고 내쉬어 보세요.
마음이 안정이 될 때까지 숨을 들이마시고 내쉬어 보세요.

그렇게 숨을 마시고 내쉬다 보면 그 마음과 자신이 분리되면서
점점 평정심을 되찾게 될 것입니다.
이처럼 술, 담배를 하기 전에 자신의 마음상태를 알아차리면
술이나 담배로 도망가려는 마음을 미리 컨트롤할 수 있게 되지요.

마음이 안정되면 술과 담배에 기대는 마음이 일어나지 않습니다.
마음이 평화로우면 술과 담배에 의존하지 않게 됩니다.
그래서 술과 담배 중독에서 벗어나려면 술을 먹게 하는 마음과
담배를 피우게 하는 마음을 먼저 다스려야 해요.

술과 담배에 중독된 이후라도 이렇게 마음을 컨트롤하게 되면
차츰 술과 담배를 끊을 수 있게 됩니다.

습관의 노예 ///

깨어 있지 못하면 습관에 끌려 다니게 됩니다.
자신도 모르게 기계적으로 행동을 하게 됩니다.
습관의 노예가 되면 내가 나를 끌고 다니는 것이 아니라
습관이 나를 끌고 다니게 됩니다.
그래서 습관이 무서운 것이지요.

습관은 필경 중독으로 발전하게 되고 카르마가 됩니다.
술을 자주 먹다 보면 술 중독이 되고,
담배를 피우다 보면 담배 중독에 빠지게 되며,
게임을 자주 하다 보면 게임 중독에 빠지게 되고
섹스를 자주 하다 보면 섹스 중독에 빠지기 쉽습니다.

중독이 되면 자신도 모르게 술을 먹게 되고,
자신도 모르게 담배를 피우게 되고,
자신도 모르게 게임을 하게 되고,
자신도 모르게 도박과 섹스를 하게 됩니다.

무엇이든지 반복하다 보면 습관이 됩니다.
'세 살 버릇 여든까지 간다'는 속담이 있듯이
습관이 되면 다시 고치기는 무척 어렵습니다.

한 번 길들여진 잘못된 습관을 고치는 데는
몇 배 이상의 노력이 더 필요하지요.
걸레가 된 더러운 수건을 다시 처음의 때 묻지 않은
하얀 수건으로 되돌리는 것만큼 힘이 드니까요.

중독에서 벗어나려면 지금 무슨 짓을 하고 있는지
자주 당신의 행동을 지켜보세요.
당신의 행동을 한 발자국 떨어져서 바라보세요.
당신이 지금 하는 짓을 알아차리면 당신을 컨트롤하기가 쉽지만
그것을 알아차리지 못하면 습관적으로 행동을 하기 마련입니다.

욕망의 메커니즘

욕망은 무엇을 바라는 마음입니다.
욕망은 무엇을 가지려고 하는 마음입니다.
욕망은 무엇이 되려고 하는 마음입니다.

그래서 마음이 늘 바쁘고 쫓기면서 살아갑니다.
마음속에 욕망을 품으면 갈증을 느끼게 됩니다.
마음에 욕망이 생기면 정신적인 허기를 느낍니다.

욕망을 품고 살면 살아가면서 불안을 자주 느낍니다.
욕망 속에서 살면 자주 화가 나고 우울해지기 쉽습니다.
욕망을 좇으면 만족보다는 불만족을 자주 느끼게 됩니다.

욕망이 충족되면 그 순간은 기쁘고 만족스럽지만
그것은 오래 가지 않아 금방 허무감으로 바뀌고 맙니다.
욕망에 중독이 되면 그 허무한 마음을 메우기 위해
습관적으로 또 다른 욕망을 좇아 나섭니다.

이렇게 욕망을 좇는 악순환이 끝없이 계속되는 한
살아가면서 진정한 자유와 행복을 맛보기는 어렵습니다.
아무리 돈을 많이 벌고 지위가 높고 권세를 부리면서 산다 해도
이러한 욕망의 메커니즘에서 벗어나지 못하면
일상에서의 잔잔한 기쁨과 깊은 행복을 경험하기는 어렵습니다.

행복하려면 적당하게 욕망을 조절해야 합니다.
행복하려면 불필요한 욕망에서 벗어나야 합니다.
그래야 자기답게 살 수 있으며
마음속에 진정한 평화와 행복이 자리 잡게 됩니다.

화

가끔씩 치밀고 올라오는 화를 다스려야 합니다.
화는 내서도 안 되고 참아도 안 됩니다.
화를 내면 자신도 다치고 상대방도 다치게 되니까요.
화가 날 때 화를 풀지 못하고 참으면 몸과 마음이 상합니다.

화를 품고 사는 것은 몸 안에 독사를 한 마리 키우는 것과 같습니다.
화를 아주 심하게 내면서 남과 싸운 사람의 입김을 모아 실험을 해보면
코브라 독보다 더 강한 맹독성 물질이 나온다고 합니다.
신경질을 낸 사람의 타액검사를 해보면 황소 수십 마리를
즉사시킬 수 있는 만큼의 독극물이 검출된다고 합니다.

화를 낼 때마다 혈압이 오르고 온몸에 독성 호르몬이 퍼집니다.
화를 자주 내는 사람은 병에 걸리기 쉽고 수명도 짧아진다고 합니다.
화를 참고 억압하면 자신도 모르게 성격이 날카로워집니다.
화가 나면 자신도 모르게 무슨 짓을 할지 모릅니다.
그래서 화를 다스리는 법을 배워야 합니다.

자기 자신과의 화해

우리들은 자기 자신에 대해 수많은 불만을 가지고 살아갑니다.
타고난 재능이 없음에 대한 불만, 잘생기지 못한 외모에 대한 불만,
가난한 부모와 가정환경에 대한 불만을 가지고 살아가고 있습니다.

자신을 스스로 못났다고 원망하지 마세요.
자신이 내놓을 게 없다고 부끄러워하지 마세요.
자기 자신을 스스로 불쌍하다고 생각하지 마세요.
자기 자신이 가진 게 없다고 기죽지 마세요.
모든 것이 자기 자신 때문이라고 책망하지 마세요.
자신을 쓸모없는 인간이라고 비난하지 마세요.

자기에 대한 불만은 자기 비하로 발전하게 됩니다.
자기 비하는 자기 혐오로 발전하게 되고,
자기 혐오는 자기를 부정하고 학대하는 단계로 발전하기 쉽습니다.

자기 비하와 자기 부정의 밑바닥에는 분노가 깔려 있습니다.
분노는 자기 자신을 받아들이지 못하기 때문에 생겨납니다.
자기 자신을 그렇게 부정적으로 평가하고 해석하기 때문입니다.
그런 생각이 들 때마다 그 생각에 속지 말고 벗어나세요.
자기 자신을 있는 그대로 인정하고 받아들이세요.

화 다스리기

화를 내고 나면 기분이 나쁘고 처참해지는 느낌이 듭니다.
화가 나면 우선 얼굴이 붉어지고 혈압이 올라갑니다.
몸에서 열이 나고 근육이 긴장하여 뒷목이 뻣뻣해지고,
가슴이 답답해지고, 두통과 식은땀이 나기도 합니다.

화에 가장 치명적인 영향을 받는 기관은 바로 심장입니다.
화를 자주 내면 심장병 등 각종 질병이 발생합니다.
그래서 격노하거나 심한 스트레스를 받은 사람들이
급성 심근경색증과 가슴통증 등으로 병원을 찾게 됩니다.

화는 뇌에도 치명적인 악영향을 미치게 된다고 하지요.
화는 뇌에 독약을 붓는 것과 같이 치명적이라고 합니다.
화를 자주 내는 사람은 뇌졸중에 걸릴 확률이 높으며
화를 억누르는 사람은 고혈압에 걸릴 확률이 높다고 하지요.

화를 잘 내는 사람들은 자주 과식을 하고 술과 담배를 많이 먹어서
콜레스테롤 수치가 올라가 관상동맥 질환을 일으킬 위험도 높고
면역기능도 크게 손상된다고 합니다.
미국 의사협회의 보고에 따르면 화를 잘 내는 사람이 보통 사람보다
성격이 급하고 사망률이 20%나 높다고 합니다.

화를 방치하지 말고 명상으로 화를 다스리세요.
화를 터뜨리거나 화를 삭이는 것은 양쪽 다 문제가 있습니다.
화를 터뜨리거나 참고 억압하지 말고 다스려야 합니다.

화가 치밀어 오를 때 먼저 그것을 알아차리세요.
화가 나면 화에 압도당하지 말고
'내가 지금 화를 내고 있구나!'하고 알아차린 후
숨을 크게 들이마시고 내쉬면서 마음을 진정시키세요.
그렇게 한동안 숨을 마시고 내쉬다 보면
화는 점점 약화되어 힘을 잃게 됩니다.

그래도 화가 사라지지 않으면 눈을 감고 화가 느껴지는 가슴에
주의를 집중하고 그 화를 계속해서 관찰하세요.
화의 중심으로 들어가 충분히 느끼면서 관찰해 보세요.
그러면 화의 에너지는 점점 약화되어 눈 녹듯이 사라지게 될 것입니다.

잠이 안 올 때 하는 명상

잠이 안 오는 이유는 세 가지입니다.
첫째는 육신이 피곤하지 않기 때문이고
둘째는 쓸데없는 잡생각이 많기 때문이며
셋째는 해소되지 않은 부정적인 감정 때문이지요.

노동을 많이 한 사람이 잠을 잘 자듯이
육체가 피곤하면 잠은 쉽게 옵니다.
잠을 못 이루는 사람은 운동을 하거나
몸을 많이 움직여서 피곤하게 해야 합니다.

많은 사람들이 꼬리에 꼬리를 물고
계속 일어나는 생각에 끌려 다니면서
잠을 이루지 못합니다.
생각 때문에 잠을 이루지 못한 사람은
일단 그 생각을 다스려야 잠이 옵니다.

잠이 안 오면 누워서 배에 의식을 집중하고
숨을 마시고 내쉬어 보세요.
숨을 마시면 배가 올라오고
숨을 내쉬면 배가 내려가는 것을 알아차리고
'생각 중지, 배에 집중, 생각 중지, 배에 집중'을 속으로 읊조려 보세요.

그렇게 하다 보면 생각이 끊어지면서 저절로 잠에 빠지게 됩니다.

부정적인 감정이 해소되지 않으면 잠이 잘 안 오지요.
화가 풀리지 않거나 불안한 마음이 해소되지 않고
슬픔이 가라앉지 않으면 잠이 잘 안 옵니다.

그때는 배에 집중하고 천천히 숨을 깊이 들이마시고
길게 내쉬는 심호흡을 해 보세요.
그렇게 하다 보면 점점 마음이 안정되고 몸이 이완되면서
서서히 잠에 빠져들게 될 것입니다.

잠이 안 올 때는 절대로 잠을 자려고 애쓰지 마세요.
잠을 자려고 애쓰면 쓸수록 잠이 오지 않으니까요.
잠을 자려고 노력하면 할수록 싸움의 에너지가 생겨나
더욱 잠을 못 이루게 되니까요.

잠을 자야 한다는 생각도 내려놓으세요.
잠이 와도 좋고 안 와도 좋다고 생각하고 그냥 맡겨두면
마음이 고요해지고 편안해지면서 저절로 잠이 옵니다.

인생은 역전의 드라마

세상지사는 새옹지마요, 인생은 역전의 드라마입니다.
물레방아처럼 흥망성쇠가 돌고 도는 것이 인생입니다.
길게 보면 사회나 국가도 흥망성쇠를 거듭하듯이,
사람의 일생도 성공과 실패를 거듭하면서 수레바퀴처럼 굴러갑니다.

시련과 고난이 없다면 우리의 삶이 풍요로워질 수 없지요.
실패가 없다면 더 크게 발전하고 더 크게 성장할 수 없습니다.
많이 실패해 본 사람, 시련을 많이 겪어 본 사람이
영적으로 더 빨리 성장하고 정신적으로 더 성숙해집니다.

시련이 닥쳤다고 너무 힘들어하지 마세요.
실패했다고 괴로워하고 좌절하지도 마세요.
실패를 통해서 인생을 배우면 됩니다.
시련을 통해서 자신을 깨우면 됩니다.

인생이 항상 평탄하기만을 바라지 마세요.
인생에 굴곡이 없으면 무기력해지기 쉽습니다.
인생에 풍파가 없으면 내적 성장도 없습니다.

삶의 무게

사람의 일생이란 자기와의 끝없는 싸움입니다.
사람들은 자기 자신의 문제 때문에 괴로워하고
자기 삶의 무게를 감당하지 못해 힘들어합니다.

어떤 사람들은 자기 삶의 무게를 감당하지 못해
괴로워하다가 끝내 벼랑 끝 선택을 하기도 합니다.
'나'라는 마음의 짐을 내려놓기만 하면 되는데
'나'라는 감옥에서 벗어나기만 하면 되는데
그 방법을 몰라서 고통을 받습니다.

그래서 '나'로부터 자유로워지는 법을 공부해야 합니다.
무겁게 매고 다니는 '나'라는 짐을 벗어버려야 합니다.
그래야 삶이 가볍고 인생이 홀가분해집니다.

그렇게 새털처럼 가볍게 살다가 이 세상과 작별할 때가 오면
모두 다 버리고 손톱만큼도 미련 없이 떠나야 합니다.
그래서 자기를 뛰어넘은 사람을 '성자'라 하고,
자기에게 매여서 사는 사람을 '범인'이라고 합니다.

올바른 섭생 //

우리는 오랫동안 아무 생각 없이 닥치는 대로
음식을 먹어 치우는 습관이 몸에 배어 있습니다.
그래서 종종 과식이나 과음을 하는 경우가 생기고
그로 인해 소화가 안 되고 속이 아프기도 합니다.

올바로 먹고 음식을 적당하게 조절해야
건강하게 오래 살고 수행도 제대로 할 수 있습니다.
섭생이 올바르지 않으면 수행이 제대로 되지 않습니다.
섭생을 통해서 자신의 마음을 컨트롤할 수 있습니다.
올바른 섭생을 통해서 항상 깨어있을 수 있습니다.

먼저 무엇보다도 항상 소식을 하는 것이 좋습니다.
균형 있는 식사와 함께 채식을 하는 것이 좋습니다.
그렇게 하면 몸이 가볍고 정신도 따라서 맑아집니다.

하루에 한 끼니를 굶으면 매 식사가 기도가 됩니다.
한 끼를 굶으면 매사가 진지해지고 감사하게 됩니다.
삶을 더 깊이 접촉할 수 있으며 고요하고 순수한 본래
마음으로 돌아와 온전히 깨어 있을 수 있습니다.

음식을 절제하면 삶도 따라 절제가 됩니다.
허튼짓 안하게 되고, 쓸데없는 사람 안 만나게 되고,
중심을 놓치지 않고 깨어서 살게 됩니다.
순간순간이 기쁘고 충만해져 옵니다.

할 수 있다면 저녁식사를 굶어보십시오.
기간을 정해 놓고 그렇게 한번 해 보세요.
당신의 술 먹는 버릇도 고칠 수 있고
과식하는 습관도 고칠 수 있습니다.
과식하고 무절제하게 먹으면 병이 생기지만
소식하고 하루 한 끼 굶어서 잘못되지는 않습니다.

차별의 고통

세상에는 차별로 상처 받고 고통 받는 사람들이 많습니다.
차별심을 가진 사람은 다른 사람들을 자기 나름대로 점수를 매깁니다.
자신이 지닌 마음속의 잣대로 사람들을 멋대로 재단하고 판단합니다.
차별심을 가진 사람은 자기보다 잘난 사람 앞에서는 열등감을 느끼고
자기보다 못나 보이는 사람에게는 우월감을 느낍니다.

부자는 가난한 사람을 우습게 알고,
지위가 높은 사람은 지위가 낮은 사람을 깔보고,
학력 수준이 높은 사람은 학력 수준이 낮은 사람을 무시합니다.

이와 반대로 학력 수준이 낮은 사람은 높은 사람에게 열등감을 느끼고,
돈 없는 사람은 돈 많은 사람 앞에서 기가 죽고,
지위가 낮은 사람은 지위가 높은 사람 앞에서 위축감을 느낍니다.

남과 자신을 비교해서 생긴 차별심은 세상의 평화를 깹니다.
차별심은 세상을 분열과 갈등으로 내몰고 상처와 아픔을 남깁니다.
차별심은 개인 사이뿐만 아니라 가족 간, 사회 간, 종교 간,
국가 간에도 똑같이 작용을 하여 큰 화를 불러오기도 합니다.

세상은 서로 다르고 차이가 있는 것이 지극히 당연합니다.
서로 다르고 차이가 있기 때문에 저마다 역할과 할 일이 다르고
서로 조화와 균형을 이루면서 세상이 돌아갑니다.

서로 차이가 있어야 세상은 아름답고 건강합니다.
그런 차이를 인정하고 받아들이면서 조화를 이루어야
세상은 한층 건강해지고 아름다워집니다.

뿌리 깊은 차별의식은 사회를 병들게 하고 세상의 평화를 해칩니다.
차별심은 남에게도 고통을 주지만 결국 자신도 피해를 입게 됩니다.
차별하는 사람은 반드시 다른 사람으로부터 차별받게 됩니다.

회피하지 말고 직면하라

우리들은 보통 살아가면서 자신의 마음에 들지 않는 일이 벌어지거나
어려운 일이 닥치면 회피하거나 저항을 합니다.
저항하는 마음도 문제지만 회피하는 마음도 문제입니다.

두렵다고 회피하지 말고 그 두려움을 정면 돌파하세요.
무섭다고 그냥 덮어두지 말고 그 정체를 파악해 보세요.

회피하면 할수록 그것이 내면에 더 크게 자리 잡게 됩니다.
부정하고 저항하면 할수록 더 큰 부메랑이 되어 돌아옵니다.
회피하는 것은 근본적인 해결책이 될 수 없습니다.

아무리 힘들고 어려운 일도 회피하지 말고 직면하세요.
정면으로 부딪혀서 경험하면 문제는 해결이 됩니다.
분석하려고만 하지 말고 직접 부딪혀서 경험해 보세요.
아무리 두려운 것도 회피하지 말고 정면 돌파하세요.

부딪혀서 경험하면 숨어 있던 실체가 드러나고
베일에 싸인 문제가 모두 풀리게 됩니다.
부딪혀서 경험하면 자유로워집니다.
정면 돌파하면 해결됩니다.

전화위복 轉禍爲福의 길

세상을 살아가다 보면 누구나 한두 번은 힘든 고비를 만나게 되지요.
시련이 닥쳤을 때 실패하는 사람과 성공하는 사람이
그것을 받아들이는 태도와 자세는 극명하게 둘로 나뉩니다.

실패한 사람들은 고난과 시련을 마음으로 밀어내면서
'왜 나한테만 이런 일이 생기느냐'고 화내고 저항하거나
'나는 운이 따르지 않는 사람이다'라고 좌절하거나
부정적으로 생각을 합니다.

하지만 성공한 사람들은 대부분 시련과 고난이 닥칠 때
그것을 긍정적으로 받아들이고 자기성찰의 기회로 삼습니다.
시련이 닥쳤을 때 자신이 무엇이 부족하고 잘못되었는지
겸허하게 반성하면서 더 큰 용기를 가지고 도전합니다.

아무리 괴롭고 힘든 일이 닥쳐도 그것을 긍정적으로 생각하면서
공부하는 기회로 삼으면 머지않아 화禍는 복福으로 바뀌게 되지만,
닥친 현실이 괴롭다고 받아들이지 않고 저항하거나 좌절하게 되면
화는 더 큰 재앙으로 발전할 수 있습니다.

자신을 살펴라

살아가면서 자주 당신 자신을 살펴보세요.
당신이 지금 무슨 짓을 하고 있는지 살펴보세요.
당신이 지금 어떤 감정에 빠져 있는지 살펴보세요.
당신이 지금 무슨 생각을 하고 있는지 살펴보세요.

그렇게 늘 깨어 있으면 습관이 당신을 지배하지 못합니다.
자주 살피게 되면 잡생각과 걱정에 휘말리지 않게 됩니다.
늘 살피게 되면 당신의 삶은 편안하고 조화로워집니다.

이렇게 몸과 마음을 자주 살피게 되면
습관에 따라 기계적으로 살던 삶이
당신 의지대로 사는 삶으로 서서히 변하게 됩니다.
술, 담배, TV, 쇼핑, 인터넷, 게임 중독에 빠지지 않게 됩니다.

당신의 몸과 마음을 자주 살피게 되면 삶이 바로 섭니다.
자기 인생의 참된 주인이 되어서 살 수 있습니다.

자존심

우리는 자존심 때문에 괴로워합니다.
자존심을 지키기 위해 무던히 애를 씁니다.
다른 사람이 자존심을 건드리면 불같이 화를 내고,
자존심이 무너지면 자신이 모두 무너지는 것처럼
아주 심각하게 받아들이면서 괴로워합니다.

자존심은 모든 괴로움의 뿌리입니다.
자존심은 모든 시비와 다툼의 원인입니다.
깊이 관찰해 보면 자존심은 생각이 지어낸 허상이요,
실체가 없는 느낌일 뿐이지 진정한 내가 아닙니다.

자신의 명예, 지위, 재산, 경험, 경력 등을
자신의 무의식의 창고에 저장해 놓고
그것을 '나'라고 느끼고 생각하는 것일 뿐입니다.

자존심은 끝까지 지켜내야 할 철옹성이 아닙니다.
자존심이란 허구이며 자신의 마음이 만들어낸 환영이라는 것을
분명하게 깨닫게 되면 자존심 때문에 괴롭거나
힘들어하지 않고 자유로워질 수 있지요.

자존심을 깨부수고 넓은 세계로 나오세요.
자신을 켜켜이 싸고 있는 껍질을 깨부수고 나오세요.
'나'라는 껍질을 부수고 나올 때 걸림 없이 살 수 있고
참된 자유와 평화를 맛보게 됩니다.

그래서 예수님은 "왼뺨을 때리면 오른뺨도 내놓으라"고 한 것입니다.

해야 할 일을 하고 싶은 일로

우리는 해야 할 일과 하고 싶은 일을 구분해 놓고 삽니다.
하고 싶은 일은 신나고 즐겁지만, 해야 할 일은 부담스럽고
하기 싫고 마지못해서 하는 경우가 많습니다.

해야 할 일을 하고 싶은 일로 만들어야 합니다.
하기 싫은 일도 그 속에서 의미를 찾고 동기를 부여하면
하고 싶은 일로 바꿀 수 있습니다.
어차피 자신이 해야 할 일이라면
하고 싶은 일로 바꾸어서 재미있게 하는 게 현명한 일이지요.

공부도 마찬가지로 재미있게 바꿀 수 있습니다.
보통 공부를 해야 할 일이라고 생각하기 때문에
하기 싫고 힘이 듭니다.
하지만 공부도 그 속에서 의미를 찾고 동기를 부여하면
하고 싶은 일로 바뀌게 됩니다.
그렇게 되면 훨씬 공부가 잘되고 재미있어집니다.

이렇게 자신에게 물어보세요.

지금 하는 이 공부가 내게 무슨 의미가 있는가?

지금 하는 이 일이 내게 무슨 의미가 있는가?

지금 하는 일 속에서 의미를 발견하세요.

지금 하는 공부 속에서 의미를 발견하세요.

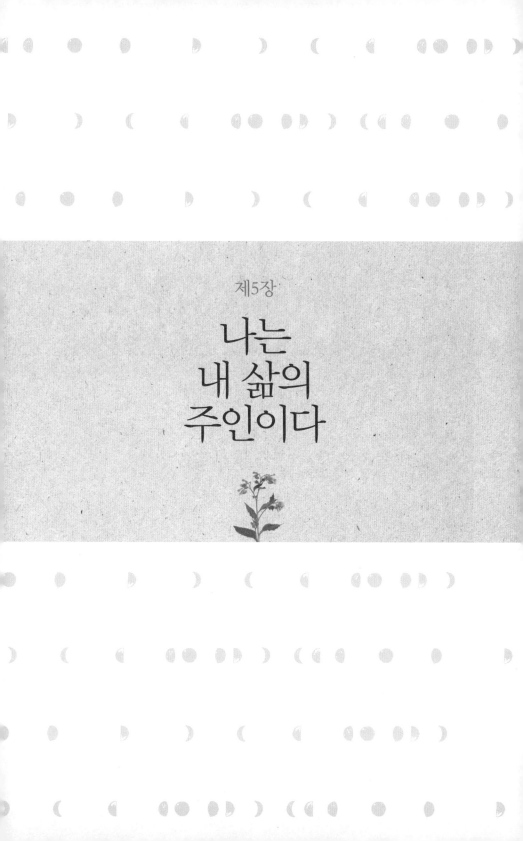

제5장

나는
내 삶의
주인이다

자유로운 영혼 ///

한 번뿐인 인생을 자유롭고 행복하게 살아야 합니다.
어디에도 속박되지 않는 자유로운 영혼으로 살아야 합니다.
영혼이 자유로우면 몸은 어디에 있든지 별로 상관이 없습니다.
하지만 몸이 자유로워도 영혼이 자유롭지 못하면,
산속에 있으나 시장 속에 있으나 별로 다를 게 없지요.

우리는 스스로 자신이 만들어 놓은 생각의 감옥 안에 갇혀서
힘들어하고, 고정관념에 묶여서 괴로워하지요.
영혼이 자유로우려면 어떤 것에도 갇히지 않아야 합니다.

몸은 세상에 붙잡혀 있어도 영혼은 자유롭게 살 수 있습니다.
자유로운 영혼이 되려면 어떤 것에도 붙잡히지 말아야 합니다.
자유로운 영혼이 되려면 어디에도 집착하지 않아야 합니다.

자유로운 영혼이 되려면 활짝 열려 있어야 합니다.
마음이 닫혀 있으면 세상을 온전히 경험할 수 없습니다.
누구와도 자유롭게 넘나들면서 막힘없이 소통해야 합니다.

자유로운 영혼이 되려면 항상 호기심을 가져야 합니다.
현실에 안주하지 말고 새로운 것에 관심을 가져야 합니다.
주저하거나 두려워하지 말고 새로운 것에 도전해야 합니다.

자유로운 영혼이 되려면 결국 '나'를 뛰어넘어야 합니다.
'나'라는 울타리에 갇혀 있지 말고 밖으로 나와야 합니다.
'나'를 넘어설 때 진정으로 걸림이 없는
자유로운 영혼이 될 수 있으니까요.

만족하는 삶

행복의 다른 이름은 만족입니다.
우리는 만족할 때 비로소 행복감을 느낍니다.
만족할 줄 아는 거지가 만족할 줄 모르는 부자보다
더 부자라는 말이 있듯이 천만금을 가지고 있어도
만족할 줄 모르는 사람은 불행한 사람이고,
비록 가난하지만 만족할 줄 아는 사람은 행복한 사람이지요.

만족하면서 사는 사람이 지혜로운 삶을 살 줄 아는 사람입니다.
만족할 줄 아는 삶이란 결코 현실에 안주하는 소극적인 삶이 아니라
불필요한 욕심을 버리고 여유롭고 편안한 마음으로
더 큰 일을 꿈꾸고 성취할 수 있는 적극적인 삶이지요.

만족하면 마음이 평온하고 세상이 조화로워집니다.
만족하는 사람이 대인관계도 더 잘하게 되지요.
만족할 줄 아는 사람이 더 크게 성공합니다.

만족할 때 균형 잡힌 생각과 건강한 판단을 할 수 있게 되지요.
그래서 만족할 줄 모르는 사람은 부유한 듯하지만 가난하고
만족할 줄 아는 사람은 가난한 듯하지만 부유하다고 한 것입니다.

깨어 있는 기쁨

살아가면서 순간순간을 알아차리면 즐거워집니다.
천천히 차를 마시면서 알아차리면 그 맛과 향을 즐길 수 있고,
알아차리면서 식사를 하면 음식 맛을 온전히 음미할 수 있습니다.
걸어갈 때 발걸음을 알아차리고 걸으면 걷는 것이 즐거워지고,
운전할 때도 알아차리면서 운전을 하면 운전이 즐거워집니다.

밖에서 만나는 수많은 대상들을
찬찬히 바라보면서 알아차리면 마음이 즐거워집니다.
길을 오가면서 스쳐 지나가는 여러 사람들의 다양한 모습을
바라보면서 알아차리면 즐거워집니다.

깨어 있지 못하면 순식간에 쓸데없는 잡생각이
마음을 지배해 버리거나 부정적인 감정에 휩싸이기 쉽지만,
순간순간을 깨어서 알아차리면 매 순간이 새롭고 기뻐집니다.

깨어 있으면 이 순간에 살아 숨 쉬는 것이
얼마나 기쁘고 감사하고 축복인지 알게 됩니다.
깨어 있으면 순간순간이 기적이요, 축복이라는 걸 절감하게 됩니다.

깨어 있으면 저절로 기쁘고 행복해집니다.
순간순간 깨어 있어야 온전한 삶을 살게 됩니다.
당신의 마음이 어떻게 움직이는지 살펴보세요.
수시로 당신의 몸의 움직임을 알아차리세요.

이 순간이 삶의 목적이다

삶은 항상 지금 이 순간에 있습니다.
삶은 항상 이 순간에 벌어지고 있는 상황입니다.
지금 이 순간이 그대로 내 삶의 목적이 되어야 합니다.
삶의 목적은 먼 곳에 있는 게 아니라 지금 여기에 있습니다.

나중에 돈을 많이 벌어서 목적을 이룰 수 있는 게 아니고
다음에 무엇이 된 후에 목적을 이루는 것도 아닙니다.
항상 주어진 지금 이 자리가 삶의 목적이 되어야 합니다.

당신이 살아가야 할 때는 바로 이 순간이요,
당신이 경험해야 할 곳은 바로 여기이기 때문입니다.
다음 순간은 어떻게 변해갈지 아무도 모릅니다.
당신 앞에는 항상 현재 이 순간만 있을 뿐입니다.

우리는 항상 지금 이 순간을 살아야 합니다.
지금 하는 일이 내가 해야 할 가장 소중한 일입니다.
항상 이 순간을 전부로 알고 자신을 불태워야 합니다.

이 순간이 내 삶의 전부요, 목적이 되어야 합니다.
지금 이 순간을 놓치면 내 삶 모두를 놓치게 됩니다.

돈에 미치지 말고 일에 미쳐라

돈에 미친 사람은 크게 성공을 하지 못합니다.
돈에 미치면 시야가 좁아져서 사람을 제대로 보지 못하고
돈에 미치면 세상을 정상적인 눈으로 보지 못합니다.

돈 밖에 모르는 사람의 눈에는 사람이 보이지 않습니다.
그런 사람은 돈 앞에서는 칼날같이 냉정하고 인정사정없습니다.
돈에 미친 사람은 남에게 고통과 피해가 가는 일도 서슴지 않습니다.
돈에 미친 사람은 수단과 방법을 가리지 않고 돈을 벌려고 합니다.

크게 성공한 사람들은 돈에 미치지 않고 일에 미칩니다.
일에 미치다 보면 돈은 자연스럽게 따라옵니다.
그래야 큰 부자가 되고 크게 성공하게 됩니다.

크게 성공한 사람은 돈보다 사람을 더 소중하게 여깁니다.
돈보다 사람을 먼저 생각하고 귀하게 여깁니다.
그것이 바탕이 되어 크게 성공하게 됩니다.

받아들임

당신 자신이 마음에 들지 않아서 화가 납니까?
함께 있는 사람이 마음에 들지 않아서 힘이 듭니까?
당신이 처한 현실이 마음에 들지 않아서 괴롭습니까?

당신 자신을 받아들이지 못할 때 괴롭습니다.
다른 사람을 받아들이지 못할 때 힘이 듭니다.
주어진 현실을 받아들이지 못할 때 화가 납니다.

당신 앞에 주어진 것은 무엇이든지 받아들이세요.
당신 앞에 있는 사람을 인정하고 받아들이세요.
당신의 현실을 있는 그대로 인정하고 받아들이세요.
생긴 그대로, 타고난 있는 그대로를 받아들이세요.

아무리 싫고 고통스러워도 받아들이세요.
받아들이면 변화가 일어나기 시작합니다.
받아들이면 상처와 아픔이 치유됩니다.
받아들이면 당신의 삶이 조화로워집니다.

현실을 있는 그대로 인정하고 받아들일 때
당신 내면에서의 갈등과 싸움은 끝이 납니다.
당신이 평화로워지면 세상도 평화로워집니다.

받아들이면 당신의 삶은 축복이 되고
내적인 평화와 영적인 성장을 이루게 됩니다.
당장은 이해가 안 되어도
시간이 한참 흐른 후에 보면 그 이유를 깨닫게 됩니다.

삶의 여유를 찾는 법

우리들은 보통 나중에 돈 많이 벌어 놓은 후에야
한가로움과 여유를 즐길 수 있다고 생각합니다.
은퇴한 후에야 비로소 여유를 즐길 수 있다고 생각을 하기도 합니다.

지금 당장 생활 속에서 마음의 여유를 만들어 보세요.
환경을 바꾸어서 마음의 여유를 찾으려 하지 말고
삶의 방식을 바꾸면 쉽게 여유를 찾을 수 있습니다.

지금 당장 결심만 하면 현실 속에서도 얼마든지
삶의 여백을 만들어 여유를 즐길 수 있습니다.

몇 가지 원칙을 정해 놓고 살면 삶에 여백이 생깁니다.
그 생활규범이 때로는 자신을 이끌어 주는 스승 역할을 하고
때로는 자신을 보호해 주는 보안관 역할도 해주니까요.

생활규범은 자신을 지켜주는 내적질서입니다.
생활규범이 있으면 삶이 흐트러지지 않습니다.

첫째, 술은 꼭 필요한 경우에만 조금 먹습니다.
둘째, 꼭 만나야 할 사람만 만납니다.
셋째, 꼭 필요한 경우 외에는 TV를 보지 않습니다.
넷째, 잠자리에 들기 전에 반드시 명상을 합니다.
그래야 저녁 시간만큼은 누구에게도 침해받지 않는
자기만의 시간을 만들 수 있습니다.

자기만의 생활규범을 정해 놓고 실천해가면
차츰 마음의 여유와 내면의 평화를 되찾게 될 것입니다.

마음에 여유가 생겨야 자기 자신과 만날 수 있습니다.
그래야 자기 자신과 충분한 대화를 나눌 수 있습니다.
여백이 있는 삶은 쉽게 지치거나 시들지 않습니다.

남에게 휘둘리지 않고 정신적으로 방황하지 않으며
삶의 중심을 잃지 않고 온전하게 살아갈 수 있습니다.
그렇게 살아야 자신이 살아가는 모습이 투명하게 보입니다.

존재지향적인 삶

소유지향적인 삶을 사는 사람은 마음이 평온하지 않습니다.
늘 부족감과 불만족 속에서 고통을 받으면서 살게 됩니다.

소유지향적인 삶을 사는 사람은 지금 이 순간을 살지 못하고
과거나 미래를 살면서 우울해지고 불안한 마음에 빠집니다.
소유지향적인 삶을 사는 사람은 자주 결핍감을 느끼고
정신적인 갈증과 심리적인 허기를 느끼면서 살아가기 쉽습니다.

반면에 존재지향적인 삶을 사는 사람은
감사와 만족과 기쁨 속에서 살아갑니다.
지금 이 순간을 생생하게 경험하고 만끽하면서
기쁨이 충만한 삶을 살아갑니다.

소유지향적인 삶을 더 적게 소유하고
더 많이 존재하는 방식으로 바꿀 때
더 자유롭고 더 행복해질 수 있습니다.
소유욕망에서 벗어나 순간순간을 만끽하고 생생하게 경험할 때
깊은 만족과 행복을 느끼게 됩니다.

소유와 존재

우리들은 보통 아무것도 부러울 것이 없이
모두 다 갖추고 있어야 행복할 거라고 생각을 합니다.
하지만 부족할 것 없이 다 갖추고 살면
오히려 사는 게 흥미가 없고 무기력해진다고 합니다.

우리는 풍족하게 소유하기 위해서 사는 것이 아니라
순간순간을 온전하게 즐기기 위해서 사는 것입니다.
많이 소유할수록 자기다운 삶을 살기가 어렵습니다.

삶의 주도권을 돈과 소유에 빼앗기지 말아야 합니다.
소유욕망의 중독에서 벗어나서 온전한 삶을 살아야 합니다.
더 적게 소유하고 더 많이 존재하는 삶을 살아야 합니다.

소유욕망에서 벗어나 지금 이 순간에 존재하게 될 때
가장 순수한 기쁨과 가장 큰 행복을 누리게 되니까요.
더 적게 소유하고 더 많이 존재하는 삶을 살아야 제대로 살게 됩니다.

카르마 Karma

인생이란 순간순간 자신을 형성해 가는 과정입니다.
결과적으로 내 자신이 나를 만들어가는 것이지요.
우리가 살아가면서 생각하고 말하고 행동하는 것은
모두 빠짐없이 자신의 카르마가 됩니다.

그것은 기억의 필름에 찍혀서 잠재의식 속에 있다가
어떤 환경과 조건이 갖추어지면 틀림없이 재생이 됩니다.
이처럼 한 번 마음 밭에 심어진 씨앗은
조건이 성숙되면 언젠가는 반드시 움이 트지요.

무엇이든지 지속적으로 반복하면
나중에 습관이 되고 습관은 카르마가 됩니다.
카르마는 그 나름대로 법칙이 있기 때문에
이성의 힘으로 억지로 막을 수가 없습니다.
우리가 숨을 거두는 날 아무것도 가져가지 못하지만
카르마는 끝까지 따라간다고 하네요.

카르마는 시공을 초월해서 따라다닌다고도 해요.
그래서 자신에게 부끄럽지 않는 삶을 살아야 하지요.
우주 삼라만상은 모두 카르마의 작용이니까요.

깨어 있는 마음이 당신을 지켜준다

깨어 있는 마음으로 살면 세상이 달라집니다.
깨어 있는 마음으로 살면 변하기 시작합니다.

지금 눈에 무엇이 보이는지 알아차려 보세요.
지금 귀에 들리는 소리를 알아차려 보세요.
지금 무슨 생각을 하는지 알아차려 보세요.
지금 몸에서 일어나는 느낌을 알아차려 보세요.
지금 숨을 마시고 내쉬고 있는 것을 알아차려 보세요.

깨어 있는 마음으로 산다는 것은 이처럼 지금 이 순간을
생생하게 알아차리고 경험하는 것이지요.

깨어 있는 마음으로 살면 쉽게 중심을 놓치지 않게 되지요.
깨어 있는 마음으로 살면 항상 마음의 평화를 유지할 수 있지요.
깨어 있는 마음으로 살면 순간순간이 새롭고 기쁘고 즐거워지지요.
깨어 있는 마음으로 살면 무료하거나 허무하지 않고, 화가 나거나
불안하거나 우울함에 빠지지 않습니다.

깨어 있는 마음으로 살면 지나간 일에 집착하지 않으며,
아직 오지 않은 내일을 상상하면서 걱정하지 않게 됩니다.
깨어 있는 마음으로 살면 순간순간을 온전하게 접촉하게 됩니다.
깨어 있는 마음으로 살아야 자유롭고 멋진 인생을 살 수 있습니다.

깨어 있는 마음으로 서 있고, 깨어 있는 마음으로 걸어가세요.
깨어 있는 마음으로 식사를 하고, 깨어 있는 마음으로 세수를 하세요.
깨어 있는 마음으로 일을 하고, 깨어 있는 마음으로 대화를 하세요.

'내가 지금 서 있구나!'
'내가 지금 식사를 하고 있구나!'
'내가 지금 세수를 하고 있구나!'
'내가 지금 생각을 하고 있구나!' 하고 알아차리면서
내면에서 조용히 지켜보고 있는 당신을 만나세요.

궁극적으로 아무도 당신을 지켜주지 못합니다.
오직 깨어 있는 마음만이 당신을 지켜줄 수 있습니다.
깨어서 사는 것이 참으로 잘 사는 법이지요.

공부와 일을 잘하는 법

일에는 항상 즐거움이 따라야 합니다.
어떤 의무감이나 사명감을 가지고 하는 것은 한계가 있습니다.
일은 하기 싫은데 어쩔 수 없이 하게 되면 괴롭습니다.
하지만 일이 즐거우면 자연히 열심히 하게 됩니다.

공부도 마찬가지로 즐거움이 따라야 합니다.
대학에 가거나 취직하기 위해서 하는 공부는 괴롭습니다.
공부하기 싫은데 장래를 위해서 어쩔 수 없이 한다면 괴롭습니다.
하지만 공부가 즐거우면 자연히 공부를 열심히 하게 됩니다.

공부 자체가 즐거워야 하고 일 자체가 즐거워야 합니다.
그래야 열심히 공부하고, 열심히 일을 하게 됩니다.

공부가 즐겁고 일이 즐거우려면 어떻게 해야 할까요?
우선 자신이 하는 공부와 일에서 의미를 찾아야 합니다.
그리고 공부와 일 자체가 목적이 되어야 합니다.
그래야 공부가 즐겁고 일이 즐거워집니다.

'이 공부를 통해서 내 꿈을 이루어가고 있다,'
'이 일을 통해서 내 꿈을 이루어가고 있다'는 믿음을 가져야
공부와 일이 목적이 됩니다.
지금 하고 있는 공부를 즐겨야 합니다.
지금 하고 있는 일을 즐겨야 합니다.

존재하는 기쁨

당신이 지금 무엇을 좇고 있으면 지금 이 순간을
온전히 느끼고 기쁜 마음으로 즐길 수 없습니다.
당신이 무엇을 해야 한다는 생각에 사로잡혀 있으면
지금 이 순간을 온전히 만끽하지 못하게 됩니다.
당신이 무엇을 가지려는 욕망에 사로잡혀 있으면
지금 이 순간을 생생하게 경험하지 못하게 됩니다.

마음이 바쁘고 쫓기게 되면 행복이 증발해 버리기 쉽습니다.
어떤 대상에 붙잡혀 있으면 마음의 평화가 깨지고 맙니다.
사로잡힘에서 벗어나야 지금 이 순간에 존재할 수 있습니다.
붙잡고 있는 것을 놓아 버려야 이 순간에 존재할 수 있습니다.
이 순간에 존재하게 될 때 비로소 온전한 삶을 살게 됩니다.

주말이 되면 기분이 좋고 즐거워지는 것은
매여 있음에서 벗어나 마음이 자유를 느끼기 때문이듯이,
당신이 무엇에 사로잡히지 않을 때
존재의 참된 기쁨을 느끼게 됩니다.
어떤 것에 매이지 않아 마음이 홀가분해질 때
어떤 것에 쫓기지 않아 마음에 여유가 생길 때
비로소 존재의 기쁨을 누리게 됩니다.

사로잡힌 마음에서 벗어나 마음이 한가로워질 때
매여 있는 대상에서 풀려나 마음이 평온해질 때
비로소 지금 이 순간에 온전히 존재하게 되며
내면에 있는 자기 자신과 만나게 되면서
기쁨과 행복을 느끼게 됩니다.

소유와 사랑

요즘 사람들은 무엇이든지 '내 것'으로 만들려고 하지요.
집이나 물건뿐만 아니라 사람조차도 소유하려고 합니다.
그래야 갈증이 해소되고 직성이 풀리는 모양입니다.

상대방을 소유하는 게 사랑이라고 착각하는 사람들이 있습니다.
상대방에게 스스로 소유 당함으로써
마음의 안정을 찾고 위안을 느끼려는 사람도 많이 있지요.

그렇게 서로 속박하고 속박 당하는 것이 사랑인 줄 압니다.
이러한 사랑 속에는 보이지 않는 고통과 불행이 숨어 있지요.
그러한 관계는 언제든지 쉽게 미움으로 바뀔 수 있습니다.
사랑을 소유물처럼 여기기 때문에 자주 다툼이 일어납니다.

서로를 소유하고 옭아매는 관계는 서로를 피곤하게 하지요.
그래서 쉽게 싫증을 느끼고 쉽게 헤어지는 지도 모르지요.
그래서 날로 이혼율이 높아가는 줄도 모르겠습니다.

진정한 사랑은 상대방을 자유롭게 해주는 것이지요.
참된 사람은 상대방을 소유하려 들지 않고
상대방으로부터 소유 당하지도 않는 것이지요.

소유 역전 현상

우리는 보통 처음 새 옷이나 새 차를 사면
조금이라도 흠이 날까 봐 무척 신경을 쓰게 됩니다.
집에 현금이나 귀금속을 가지고 있으면
도둑이 들까 봐 걱정을 하기도 하고요.
이처럼 우리는 소유함으로써 거꾸로 그 대상에 소유 당하게 됩니다.

소유는 구속이요, 속박입니다.
소유하는 순간 당신은 그 대상에 구속당합니다.
소유하면 그 대상이 당신을 동아줄로 묶어 버립니다.

소유하면 소유한 대상의 노예가 됩니다.
소유하면 그 순간부터 불편해지기 시작합니다.
물건과 마찬가지로 사람도 소유하면
그 순간부터 바로 그 사람에게 소유 당하게 됩니다.

모든 괴로움은 여기서부터 시작됩니다.
가지려는 욕망에서 고통은 싹트기 시작합니다.
자유로워지고 싶으면 소유에서 벗어나야 합니다.
소유에서 벗어날수록 더 가벼워지고 더 편해집니다.
적게 소유하고 더 많은 자유를 누릴 줄 알아야 합니다.

돈과 자유

우리들은 보통 돈이 많으면 자유로워진다고 생각을 합니다.
하지만 돈이 많으면 더 갖고 싶은 욕망과 더 하고 싶은 욕망도
점점 늘어나서 거기에 묶이게 되지요.

그래서 갈수록 점점 더 바쁘고 삶이 더 복잡해져 갑니다.
소유욕망에 중독이 되면 정신적으로 피폐해지기 쉽습니다.
오히려 돈 때문에 삶의 중심을 잃고 방황하거나
건강하고 조화로운 인생을 살지 못하게 되는 경우가 많습니다.

어떤 경우에도 돈의 노예가 되어서는 안 됩니다.
돈이 너무 없어도 돈의 노예가 되지만,
마찬가지로 돈이 너무 많아도 돈의 노예가 되기 쉽습니다.

나룻배는 강을 건너기 위한 수단이지 목적이 아니듯이
돈은 생계를 위한 수단이지 삶의 목적이 아니니까요.

가난하게 살면서 고통을 받을 필요는 없겠지요.
누구나 사는 데 불편하지 않을 정도는 있어야겠지요.

하지만 필요 이상의 소유욕망은 더 큰 고통의 원인이요,
진정한 자유와 행복을 앗아간다는 것을 명심해야 합니다.
그래서 옛날부터 성자들은 욕망에 따라 살지 말고
필요에 따라 사는 것이 삶의 지혜라고 한 것입니다.

무집착

세상에 영원한 것은 아무것도 없습니다.
모든 것은 잠시 머물다가 사라지지요.
세상 모든 것은 변하지 않는
저만의 독자적인 성질을 가지고 있지 않지요.

아무리 아름다운 것과 아무리 좋은 일에도
그 속에는 피할 수 없는 고통의 씨앗이 숨어 있습니다.
이 분명한 진리를 마음속에 새기고 있으면
무엇을 해도 쉽게 집착하지 않게 됩니다.

사랑을 하되 사람에게 집착하지 않게 되고
일을 열심히 하되 결과에 매이지 않게 되지요.
무슨 일을 해도 집착하지 않고 가벼운 마음으로 할 수 있습니다.

무슨 일을 하든지 집착하지 않는 게 중요합니다.
무슨 일이든지 성패에 연연하지 말고
지금 주어진 일에 모든 열정을 쏟아 부어야 합니다.
그것이 그 일을 진정으로 사랑하는 사람의 자세입니다.

습관 바꾸기

습관이란 당신이 살아오면서 알게 모르게 익혀온 것입니다.
당신이 당신 자신도 모르게 그렇게 길들여온 결과입니다.
처음에는 당신이 습관을 만들지만 나중에는 습관이
당신을 지배하게 됩니다.

명상을 통해 잘못된 습관을 바꿀 수 있습니다.
습관을 바꾸려면 우선 명상을 통해서
당신 안에 있는 나쁜 기운을 바꿔내야 합니다.
당신의 몸과 마음이 정화되지 않고서는
나쁜 습관을 바꾸기 어렵습니다.

하루에 한 번씩 조용히 눈을 감고 앉아
배에 의식을 모으고 숨을 마시고 내쉬어 보세요.
매일 30분 정도 그렇게 명상을 하다 보면
몸과 마음속의 나쁜 기운이 점점 빠져나가는 것을 느낄 수 있습니다.

습관을 바꾸려면 당신의 행동을 주시하고 관찰하세요.
당신이 주로 무슨 짓을 하고 살아가는지 지켜본 후
하루에 한 번씩 그것을 꼭 메모해 두세요.
그렇게 메모를 해가다 보면 당신이 평소에 하면서 사는
행동의 패턴이 정확하게 보이게 되지요.

그렇게 행동을 관찰하고 난 후에는 당신의 생각을 살펴보세요.
당신이 주로 무슨 생각을 하는지 지켜본 후 메모해 놓으세요.
그렇게 기록해 놓은 생각을 보면
당신이 주로 어떤 생각의 지배를 받고 사는지
그 생각의 패턴이 보이게 됩니다.

습관은 행동으로부터 나오고 행동은 생각으로부터 나오기 때문이지요.
그렇게 관찰하다 보면 생각이 바뀌고, 생각이 바뀌면 행동이 바뀌고,
행동이 바뀌면 나중에는 습관이 바뀌게 되지요.

꿈에 대한 해석 //

꿈에 대한 사람들의 해석이 분분합니다.
어떤 사람들은 꿈에 특별한 의미를 부여하기도 하고
또 어떤 사람들은 꿈은 허황한 것이라고 하기도 합니다.
꿈에 다른 사람이 자신에게 말한 것을 사실로 받아들이거나
어떤 종교인들은 계시로 받아들이기도 합니다.

꿈에 다른 사람이 자신에게 한 말은
자기 자신의 숨어 있는 마음의 표현이요, 무의식의 활동입니다.
내 마음을 다른 사람을 통해서 표현하는 것이 꿈입니다.
자신의 마음이 뇌를 통해 자신의 삶을 반영한 것입니다.

프로이트가 "꿈은 무의식으로 가는 왕도"라고 했듯이
꿈은 무의식의 활동입니다.
의식이 잠들면 무의식이 활성화됩니다.
깨어 있을 때는 의식이 활동하기 때문에 무의식이 힘을 못 쓰다가
잠들면 의식 활동이 멈추기 때문에 무의식의 활동이 뚜렷해집니다.

펄스는 "꿈은 통합으로 가는 왕도"라고 했습니다.
꿈은 자기 삶의 여러 가지 모순적 측면의 표현이기도 합니다.
자신이 무시했거나, 소외시켰거나, 억눌렀던 것은 꿈으로 나타납니다.
자신이 외면했거나 부정했던 것이
에고와 결합하여 꿈으로 나타납니다.
꿈은 내면에서 영혼을 치유하고 통합시키기 위한
무의식의 활동입니다.

꿈은 가장 정직한 자기 모습이기도 합니다.
꿈속에서 자신의 무의식과 의식을 화해시키고 통합시킵니다.
자신의 영혼이 힘들기 때문에 꿈속에서 화해시키고 통합시킵니다.
그래서 꿈은 신비롭고 위대합니다.

자연과의 대화

사는 것이 재미가 없다고 느껴질 때 자연을 찾으세요.
사는 것이 허무해질 때는 자연과 대화를 나누세요.
자연으로 가서 자연을 보고 자연을 맘껏 느껴 보세요.

자연의 품속에 안길 때 저절로 기쁨이 피어오릅니다.
하늘과 땅을 느끼면 살아 있는 기쁨을 느끼게 됩니다.
나무와 꽃들과 새와 한참 동안 지내다 보면
삶의 의미가 되살아나고 자연스럽게 즐거워질 것입니다.

마음이 괴로울 때는 자연을 찾아가세요.
자연의 품에 안겨서 어슬렁거리면서 한가로운 시간을 보내세요.
그렇게 모든 것을 놓아버리고 지내다 보면
마음속에 평온함이 깃들고
기쁨이 물안개처럼 피어오르게 될 것입니다.

모든 생각을 내려놓고 자연을 느끼면서 산책을 해 보세요.
산과 들과 강을 바라보고 물소리, 새소리, 바람소리를 듣고 있으면
마음이 저절로 평화로워지면서 잃어버린 자기 자신이 회복됩니다.

자연은 당신의 상처를 치유하고 큰 아픔도 낫게 할 것입니다.
우리가 불행해지기 시작한 것은 자연과 분리되면서부터입니다.
우리 안에서 자연을 회복하기만 하면 다시 행복을 되찾게 됩니다.
자주 자연을 만나 자연과 대화를 나누어 보세요.

원인과 조건

이 세상은 모두 원인과 조건에 따라 변화되어 갑니다.
세상 모든 것은 원인과 조건에 의해 생성, 변화, 소멸됩니다.

수억 년 전까지 공룡이 지구에 살다가 모두 멸종했습니다.
그때는 공룡이 살 수 있는 조건이 되어서 살았으나
환경이 변해서 살 수 있는 조건이 안 되니 자취도 없이 사라졌습니다.
지금은 지구온난화로 인해 북극의 얼음이 점점 녹아서
북극곰이 멸종할 위기에 내몰리고 있습니다.
그것은 다시 말하면 여러 가지 조건들 중에서
하나의 조건이 바뀌기 때문입니다.

우리도 만나서 잘 지내다가도 조건이 바뀌면 헤어지기 마련입니다.
따라서 헤어진 사람을 붙잡으려 하거나 아쉬워할 필요도 없습니다.
마음이 괴로울 때 이렇게 인연법의 거울로 세상을 바라보세요.
모든 것이 원인과 조건에 따라 이루어지는 것이라고 생각하면
이해가 되고 어떤 일도 쉽게 받아들일 수 있게 됩니다.

우리는 우산이나 장갑을 자주 잃어버립니다.
휴대폰이나 지갑을 잃어버리는 경우도 있습니다.
살다 보면 재산도 잃게 되고 사람도 잃게 됩니다.

그럴 때마다 잃어버린 것을 아쉬워하거나 붙잡으려 하지 말고
'이제 나와 인연이 다 되어서 내 곁을 떠나는구나!' 하고
그냥 순순히 보내주세요.

'그동안 나와 함께 한 인연을 깊이 감사한다.
잘 가라, 다른 인연을 만나서 행복하거라.' 하고
마음속으로 빌어주세요.
그렇게 생각하면 마음이 편해집니다.

제6장

나답게
살아야
아름답다

자기답게 살라

사람은 누구나 자기답게 살아야 합니다.
사람들은 저마다 얼굴이 다르듯이 저마다 다른
개성과 특성을 가지고 이 세상에 태어났습니다.

따라서 자기만의 독특한 빛깔을 마음껏 발산하고
자기만의 개성을 마음껏 발휘하면서 살아야 합니다.
그렇게 당당하게 자기 몫의 인생을 살아야 합니다.

그래야 행복한 인생을 꾸려나갈 수 있게 됩니다.
성공하는 삶이란 자신이 하고 싶은 일을 하면서
숨어 있는 잠재능력을 충분히 발휘하는 것입니다.

사람은 자신과 어울리는 일을 하면서 살아야 합니다.
자신의 취향과 성향에 맞는 일을 하면서 살아야 합니다.
자기가 하고 싶은 일을 하면서 살아야 합니다.

누구나 자기답게 살지 못하면 방황하게 됩니다.
자기답게 살지 못하면 실패한 인생을 살기 쉽습니다.
그래서 자기가 자신을 바로 알아야 합니다.

당신의 인생을 활짝 꽃피워라

당신만의 빛깔을 마음껏 드러내세요.
당신 자신의 삶을 활짝 꽃피우세요.
그것이 당신이 이 세상에 태어난 까닭이며 살아가야 할 이유입니다.

당신이 가장 되고 싶은 사람이 되세요.
당신이 진정으로 하고 싶은 일을 하세요.
그 일에 당신의 모든 것을 바치세요.

아무리 돈을 많이 벌고 지위가 높아져도 당신답게 살지 못한다면
진정으로 성공한 삶이라고 볼 수 없겠지요.

무슨 일이든지 자기가 좋아하는 일을 하면서
자신의 삶을 활짝 꽃피우는 것이 성공입니다.
누가 뭐라 해도 자기답게 살아야 합니다.

당신의 꿈의 나래를 유감없이 활짝 펼쳐 보세요.
당신의 인생을 완전하게 활짝 꽃피우세요.
한 번 뿐인 당신의 삶을 활활 불태우세요.

존재의 이유

우리는 좋은 음악을 들을 때 기분이 좋아집니다.
아름다운 경치를 보고 있을 때 마음이 평화로워집니다.
사랑하는 사람과 마주 보고 앉아 있을 때 가슴이 따뜻해져 옵니다.
함박눈이 펑펑 쏟아지는 광경을 바라보고 있을 때 행복해집니다.
낙엽이 수북하게 쌓인 오솔길을 걸을 때 기쁨을 느낍니다.

우리는 왜 이런 순간에 기분이 좋아지고
마음속에서 평화와 기쁨을 느끼고 행복을 느끼는 것일까요?
그것은 모두 그 순간을 생생하게 느끼기 때문입니다.
그 순간을 온전히 음미하고 존재하기 때문입니다.

우리가 다른 생각을 하면서 길을 걷다 보면
어떻게 그 길을 지나쳐 왔는지 모를 때가 있습니다.
우리가 다른 생각에 빠져서 식사를 하다 보면
어떻게 식사를 했는지 모르는 경우를 자주 경험합니다.
이처럼 깨어 있는 마음으로 그 순간을 살지 못하면 소중한
순간들을 온전히 경험하지 못하고 스쳐 지나가게 됩니다.

산다는 것은 지금 이 순간을 경험하는 것입니다.
멈추지 않고 변해가는 삶을 온전히 만끽하고
생생하게 경험하기 위해서는 지금 이 순간을 살아야 합니다.
그래야 인생을 제대로 즐길 수 있습니다.
그것이 온전히 존재하는 삶의 방식입니다.

진정한 아름다움

사람의 진정한 아름다움은 외모가 아니라 매력입니다
사람은 저마다 타고한 개성과 특출한 매력이 있습니다.
자신의 개성을 마음껏 발휘하고 자기만의 매력을
최대한 발산하는 것이 진정한 아름다움입니다.

수려한 외모를 가지고도 자신의 매력을 마음껏 발산하지 못하면
진정한 아름다움을 제대로 꽃피워내지 못하지만,
잘나지 못한 외모를 가지고도 자신만의 매력을 마음껏 발산하면서
자신의 삶을 불태울 때 진정으로 아름답지요.

진정한 매력은 자신이 스스로 만들어가는 것입니다.
매력은 자신이 가꾸어온 이미지에서 나오기 때문입니다.
매력을 가꾸기 위해서는 마음을 잘 다스릴 줄 알아야 합니다.
평화롭고 행복한 마음에서 매력이 나오기 때문입니다.

자기만의 타고난 매력을 숨김없이 발산할 때
자신의 삶을 활짝 꽃피울 수 있습니다.

이름 없는 들꽃이 나름대로 꽃을 활짝 피우면서
매력을 마음껏 발산하듯이,
누구나 자기만의 고유한 꽃을 활짝 피우고
자기만의 매력을 한껏 발산해야 합니다.

자기 자신으로 살라

마음이 불안하고 우울합니까?
마음이 허전하고 자주 짜증이 납니까?
그것은 자기 자신으로 살지 못하기 때문입니다.

우리 눈은 항상 밖으로만 향해 있습니다.
그래서 진정한 자기 자신을 만나지 못합니다.
밖으로 향해 있는 눈을 돌려 내면을 바라보아야 합니다.
그래야 진정한 자기 자신을 만날 수 있습니다.

자기 자신에게 돌아오는 법을 익혀야 합니다.
자신으로 돌아와야 자기 자신을 알 수 있습니다.
자신으로 돌아와야 온전한 자기 자신이 됩니다.

자기 자신으로 살지 못하기 때문에 분노가 일어납니다.
자기 자신으로 살지 못하기 때문에 불안하고 슬퍼집니다.
자기 자신으로 살지 못하기 때문에 방황하고 갈등하게 됩니다.

자기 자신으로 돌아와야 마음이 평화롭고 안정이 됩니다.
자기 자신으로 돌아오면 참으로 기쁘고 행복해집니다.
자신으로 돌아오면 자기 자신이 분명하게 보입니다.
자신으로 돌아와야 자신이 어떤 사람인지 알게 됩니다.

차 한 잔의 행복

당신은 차 한 잔으로도 행복해질 수 있습니다.
차 한 잔을 마시면서 지금 이 순간에 존재할 수 있습니다.
차 한 잔을 마시면서 살아 있는 기쁨을 만끽할 수 있습니다.
차 한 잔으로 당신은 축복 속에 빠져들 수 있습니다.

먼저 차관에 차를 담은 후 끓인 물을 부으세요.
잠시 후 차가 우러나면 천천히 찻잔에 차를 따르면서
그 소리를 들어 보세요.
두 손으로 찻잔을 감싸고 있는 손바닥에서 느껴지는
따뜻한 온기를 느껴 보세요.

찻잔의 모양과 차의 색깔을 찬찬히 바라보세요.
코 가까이 찻잔을 가져다가 차의 향기를 느껴 보세요.
차를 한 모금 입에 머금고 차의 맛을 느껴 보세요.
천천히 그 찻물을 목구멍으로 넘겨 보세요.

그렇게 차 마시는 과정을 생생하게 알아차리세요.
그렇게 천천히 음미하고 느끼면서 차 한 잔을 드세요.
조용히 그 맛과 향을 음미하면서 차를 드세요.

그렇게 차를 마시면 당신의 마음에는
어느새 고요와 평온함이 살며시 깃들게 될 것입니다.
당신의 내면에서 그것을 조용히 지켜보고 있는
진정한 당신을 만나게 될 것입니다.
당신의 마음에는 어느덧 은은하게 피어오르는 향처럼
기쁨과 행복이 가득 차오를 것입니다.

알아차림 //

지금 이 순간으로 돌아오세요.
바로 지금 이 순간을 알아차려 보세요.
삶은 항상 지금 이 순간에만 있습니다.
삶은 언제나 과거나 미래에 있지 않고
지금 이 순간에 벌어지고 있는 상황입니다.

이 순간을 알아차리면 삶의 새로운 지평이 열립니다.
보이는 세상과 만나는 사람들이 모두 새롭게 보이지요.
세상이 훨씬 아름다워 보이고, 귀에 들리는 소리도 새롭고,
음식도 훨씬 맛이 깊고 풍부하게 느껴지지요.
건성으로 보았던 세상, 대충대충 스쳐 지나쳤던 것들이
모두 새롭게 되살아납니다.

현재 펼쳐지고 있는 이 순간을 알아차리면
당신의 삶은 꽃처럼 아름답게 피어납니다.
지금 이 순간을 알아차리면
당신의 삶은 불꽃처럼 황홀하게 타오르지요.
지금 이 순간을 알아차리면
당신 자신과 삶이 아름답게 조화를 이룹니다.

지금 이 순간을 알아차리면
당신과 세상이 하나가 되어 기쁨이 차오르지요.
지금 이 순간을 알아차리면
당신은 매 순간 새롭게 태어나지요.

인생을 잘 사는 비결

한 번뿐인 인생을 어떻게 살아야 하는가?
자신의 영혼과 일치된 삶을 살아야 합니다.
자신과 조화를 이루는 삶을 살아야 합니다.

자신의 영혼과 일치되지 않는 삶을 살면
늘 방황하고 갈등하고 번민 속에서 살기 쉽습니다.
영혼과 일치되지 않은 삶을 살면
마음과 영혼이 따로 놀게 되어 수많은 불협화음을 내게 됩니다.
사소한 일로도 스트레스를 받게 되고,
마음속에서 자주 짜증과 불안과 우울함을 경험하게 됩니다.

그렇게 살다 보면 술과 담배와 감각적인 쾌락이나
맹목적인 신앙에 의존하기 쉽고,
중심을 잃고 방황하다가 잘못하면 파국으로 치닫게 됩니다.

자기 영혼과 일치된 삶이란 무엇인가?
자기 자신과 조화를 이루는 삶이란 무엇인가?
자신의 내면의 소리에 따라 사는 삶입니다.
머리가 아니라 가슴을 따라 사는 것입니다.

진정으로 자신이 원하는 바대로
자신이 하고 싶은 일을 하면서 자기답게 사는 것입니다.
자신의 영혼과 일치된 삶을 살 때 자신의 인생이
있는 그대로의 자기 자신과 조화를 이루게 됩니다.

그렇게 살아야 인생의 나래를 활짝 펼 수 있고
자신의 삶을 유감없이 꽃 피울 수 있습니다.
그렇게 살아야 진정으로 자유롭고 행복합니다.

습관적으로 자신이 한 일의 80% 이상이
곧 죽을지 알면서도 하게 될 때
자신이 하는 행동이 자신과 조화를 이룬 삶이요,
자신의 영혼과 일치된 삶이라고 합니다.

행복연습

행복도 연습이 필요합니다.
행복하려면 평소에 연습해 보세요.

호흡을 연습해 보세요.
가만히 앉아서 눈을 감고
코로 숨이 들어오고 나가는 것을 한동안 느껴 보세요.
이렇게 한참 동안 들숨과 날숨에 의식을 집중하고 있으면
마음이 점차 평온하고 행복해집니다.

운동을 해 보세요.
수영, 테니스, 농구, 탁구, 조깅, 등산 등 어떤 운동이라도
자신에게 잘 맞는 한 가지 운동을 꾸준하게 해 보세요.

춤을 추어 보세요.
집에서 흥겨운 음악을 틀어놓고 춤을 추어 보세요.
혼자 춤을 추거나 가족과 함께 춤을 추어 보세요.

자주 노래를 불러 보세요.
자신이 좋아하는 노래를 신나게 불러 보세요.
잘 부르지 못해도 부르다 보면 행복해집니다.

혼자서 산책을 해 보세요.
호젓한 오솔길이나 강가를 혼자서 걸어 보세요.
팔과 다리의 움직임에 집중하면서 걸어 보세요.
걸으면서 눈에 보이는 대상을 생각 없이 바라보세요.
걸으면서 바람을 느끼고 햇살을 느껴 보세요.

자주 웃는 연습을 해 보세요.
혼자서라도 웃는 연습을 자주 해 보세요.
사람들과 격의 없이 어울리면서 자주 웃어 보세요.
그렇게 웃다 보면 자연스럽게 자주 웃게 됩니다.
자주 웃다 보면 저절로 행복해집니다.

남과 나누는 연습을 해 보세요.
따뜻한 눈길로 나누고 커피 한 잔이라도 나누어 보세요.
작은 것이라도 자주 남과 나누어 보세요.
나누다 보면 저절로 행복해집니다.

이 연습을 자주 하다 보면 점점 부정적인 감정이 사라지고
긍정적인 감정이 생겨나 행복해집니다.

행복해지는 법

내가 행복해야 남을 행복하게 할 수 있습니다.
내가 행복해지는 것이 가족을 행복하게 하는 것이요,
이웃을 행복하게 하고 세상을 행복하게 하는 길입니다.

행복하려면 먼저 내 삶을 잘 돌보아야 합니다.
내 마음이 편안하고 내 삶이 안정되어야
비로소 행복해지기 때문입니다.

내가 행복하려면 이웃과 세상도 행복해져야 합니다.
나 혼자서만 행복하려고 해서는 진정한 행복에 이를 수 없습니다.
우리는 모두 타인과 연결이 되어 있기 때문이며
나는 여럿이 함께 살아가는 사회의 한 구성원이기 때문입니다.

나만 행복해지려고 하면 절대 행복할 수 없습니다.
혼자만의 행복은 완전한 행복이 될 수도 없습니다.
세상은 혼자만의 힘으로 살아갈 수 없으며,
우리는 모두 다른 사람들의 은덕으로 살아가기 때문입니다.
그래서 혼자만의 행복은 절음발이 행복이요,
불완전한 행복이 될 수밖에 없습니다.

내가 지금 행복을 느끼지 못하는 이유는 남의 행복이 아니라
내 자신만의 행복을 위해서 살기 때문이지요.
남의 행복을 위해서 살면 기뻐집니다.
남의 행복을 위해서 살 때 자연히 나의 행복은 배가됩니다.
그렇게 살면 남도 행복해지고 나도 행복해집니다.

적은 것으로 만족하는 삶

세상에 만족하지 않으면서 행복한 사람은 없지요.
누구나 만족할 때 비로소 행복을 느끼게 됩니다.
만족할 때 마음이 안정이 되고 행복감을 느끼지요.

사람들은 보통 행복을 크고 거창한 것 속에서 찾습니다.
돈을 많이 벌어야 행복하고, 지위가 높아져야 행복하고,
힘 있는 사람이 되어야 행복할 것이라고 생각을 하지요.
하지만 행복은 결코 큰 것도 화려한 것도 아닙니다.
행복은 지극히 평범한 일상생활 속에 있습니다.

돈이 많아지고 지위가 높아지면 그만큼 걱정도 많아집니다.
그래서 보통사람들보다 더 많은 불만족과 갈증을 느끼지요.
왜냐하면 욕망이 크면 클수록
더 많은 욕구불만과 갈증을 느끼기 마련이기 때문이지요.

적은 것으로 만족할 때 당신은 평온해집니다.
적은 것에 만족할 때 진정으로 행복해집니다.
만족하게 될 때 자기다운 삶을 살 수 있습니다.

어떻게 살아야 하는가

남의 행복을 위해서 사는 것이 가장 잘 사는 비결입니다.
남의 행복을 위해서 사는 것이 최고가는 수행이요,
남의 행복을 위해서 사는 것이 진정한 깨달음의 길이기도 합니다.

그렇게 살다 보면 나와 남은 둘이 아니며
세상 모두는 분리될 수 없는 큰 하나라는 것을 깨닫게 됩니다.
'작은 나'는 사라지고 온 세상과 온전히 합일되는
'큰 나'를 경험하게 됩니다.

진정으로 행복하려면 남의 행복을 위해서 살아야 합니다.
이것이 이 세상에 태어난 이유이며 목적이기도 합니다.
이 세상에 태어나서 해야 할 일은 이것밖에 없습니다.
사는 것이 의미가 없고 재미가 없는 것은
타인의 행복보다 내 자신의 행복만을 위해서 살기 때문입니다.

세상의 모든 행복은 남을 위한 마음에서 나오고,
세상의 모든 불행은 나밖에 모르는 이기심에서 옵니다.
따라서 어리석은 사람은 자기 자신을 위해서 살고
지혜로운 사람은 남을 위해서 삽니다.

처음에는 생각처럼 쉽지는 않지만
남의 행복을 위해서 살려고 노력하면
점차적으로 큰 변화가 일어나면서
머지않아 내 인생은 큰 축복 속에 휩싸이게 될 것입니다.

통념을 깨부수어라

우리들은 대개 익숙한 방식대로 세상을 살려고 합니다.
새로운 것에 도전하거나 힘든 일은 하지 않으려고 합니다.
현실과 타협하여 적당히 살면서 변화를 싫어합니다.
그래서 자기혁신과 새로운 발전을 기대하기 어렵습니다.

자기발전과 성공을 방해하는 통념을 깨부수어야 합니다.
통념을 깨부수기 위해서는 익숙한 것에서 벗어나야 합니다.
현실에 안주하여 적당히 살려는 자세를 바꾸어야 합니다.

통념을 깨부수기 위해서는 먼저 의문을 던져 보아야 합니다.
사람들은 의문을 품지 않고 무조건 따르려는 경향이 있지요.
아무리 오래된 전통과 역사를 가지고 있는 것이라도
덮어놓고 믿고 따르지 말고 한번 '왜?' 하고 의문을 품어 보세요.

통념에서 벗어나려면 새로운 세계를 경험해 보세요.
자주 만나는 사람하고만 만나면 고정관념에서 벗어나기 어렵지요.
당신의 생각과 성향이 다르고 다른 환경과 다른 문화와
다른 종교를 가진 사람들과 만나서 교류해 보는 게 좋지요.

통념에서 벗어나려면 늘 하던 방식에서 벗어나
새로운 방식으로 일을 시도해 보세요.
타성에 젖어있는 방법이 아니라 새로운 해결책을 강구해 보세요.
일상에서 변화를 가져다줄 수 있는 색다른 경험을 해 보세요.
당신의 취향과 전혀 다른 책을 보거나 다른 문화를 체험해 보세요.

그래야 고정관념에서 벗어나 새로운 세계에 대한 눈이 열립니다.
그래야 조화롭고 균형 잡힌 사고를 하게 되고 창조적인 사람이 되며
궁극적으로 자유로워지고 조화롭고 풍요로운 인생을 살게 됩니다.

지금 당신이 하는 일이 잘 되어 가고 있다면
내일을 위한 변화를 준비해야 할 시기입니다.
지금 당신이 하는 일에서 흥미를 느낄 수 없다면
새로운 변화를 모색해야 할 때입니다.

성공의 비결

당신이 좋아하는 일을 해야 성공할 수 있습니다.
당신이 하고 싶은 일을 해야 성공할 수 있습니다.

당신이 좋아하는 일을 하게 되면 그 일에서 재미가 생깁니다.
당신이 하고 싶은 일을 하게 되면 그 일에 열정이 생깁니다.
재미가 있고 열정이 생기면 자연히 그 일에 전력투구하게 됩니다.

지금 하는 일이 당신이 좋아하는 일이 아니면 적당히 하게 됩니다.
당신이 하고 싶은 일이 아니면 소극적이고 피동적으로 하게 됩니다.
그래서 그 일을 통해서는 성장하거나 성공하기가 어렵게 되지요.

당신이 진정으로 좋아하는 일을 하게 될 때
당신이 진정으로 하고 싶은 일을 하게 될 때
당신은 저절로 행복해집니다.
당신이 좋아하는 일을 하고, 하고 싶은 일을 하면
행운의 여신이 미소를 짓게 됩니다.

당신이 좋아하는 일을 하면서 그 일에 전념하게 될 때
당신의 삶은 아름답게 꽃을 피우게 되고
성공도 자연스럽게 따라오게 됩니다.

삶은 소유가 아니다

우리들은 은연중에 자기 자신을 소유물처럼 여깁니다.
끝없이 더 많이 차지하고 더 가지려고 애를 쓰면서
자신의 삶 전체를 소유물처럼 취급합니다.

소유 욕망에서 벗어나야 온전히 존재할 수 있습니다.
그래야 존재의 기쁨을 누리면서 삶을 만끽할 수 있습니다.
자신의 삶을 소유물처럼 여기기 때문에 죽음이 두렵습니다.
자신의 육신과 생명조차도 소유물처럼 느끼기 때문에
마지막 순간까지 그것을 놓지 못하고 고통을 받게 됩니다.
소유로부터 벗어나면 그만큼 두려움도 줄어듭니다.

죽음의 공포에서 벗어나려면 소유욕망에서 벗어나야 합니다.
소유욕망에서 벗어나 진정으로 존재할 줄 아는 사람은
죽음도 수면처럼 편안하게 맞이할 수 있습니다.

소유의 덫에 걸려서 살면 평생 동안 자유롭지 못합니다.
돈과 명예의 노예가 되면 항상 허덕이면서 살게 됩니다.
소유지향적인 삶에서 벗어나 존재지향적인 삶으로 바뀌어야
제대로 된 삶을 살 수 있습니다.

그래야 잃어버린 자기 자신을 되찾을 수 있습니다.
그래서 예수님은 '부자가 천국에 들어가기가
낙타가 바늘구멍을 통과하는 것보다 더 어렵다'고 했습니다.

방글라데시 사람들의 행복

세계에서 가장 못사는 방글라데시 사람들이 가장 행복하다고 하지요.
우리나라보다 100배 이상 못사는 사람들이 가장 행복하다고 합니다.

우리의 눈으로 보면
그들은 거지나 다름없는 열악한 환경 속에 살면서도
우리보다 훨씬 높은 만족감을 느끼면서 살아갑니다.
그들이 행복한 것은 소유욕망에 물들지 않았기 때문이고
천박한 물질문명에 아직 오염되지 않았기 때문이지요.
그들이 행복한 것은 이기적이지 않고 순수하기 때문입니다.

우리는 그들에게 어떻게 살아야 행복한지를 배워야 합니다.
우리보다 못산다고 무시하지 말고
왜 그들이 우리보다 훨씬 더 행복하게 사는지
그 이유를 정확하게 알아야 합니다.

우리는 돈의 노예가 되어 살기보다
그들에게서 단순하고 소박하게 사는 법을 배워야 하고,
자연을 사랑하고 이웃과 나누며 사는 법을 배워야 하며
적은 것으로 만족하고 여유롭고 평화롭게 사는 지혜를 배워야 합니다.

나도 좋고 남도 좋은 일

아무리 욕심이 생겨도 남에게 피해가 되는 일은 하지 마세요.
남에게 피해가 되고 남에게 고통을 안겨주는 일로 이룬 성공은
진정한 성공이 아니니까요.

그렇게 성공한 사람은 평생 고통이 그림자처럼 따라 다니게 됩니다.
나한테만 좋고 남에게는 피해가 되는 일도
절대로 하지 말아야 합니다.
그것은 순간적으로 성공한 것처럼 보여도
진정한 성공이 될 수 없습니다.
그래서 작은 성공은 할 수 있을지 몰라도 큰 성공은 할 수 없지요.

나에게도 좋고 남에게도 좋은 일을 해야 합니다.
그래야 크게 성공하고 더 발전하게 됩니다.
무슨 일을 하든지 올바르지 않거나 선한 일이 아니면
절대로 크게 성공할 수 없기 때문이지요.

감사하는 마음 //////////////////////////////////////,

감사와 행복은 함수관계에 있습니다.
우리는 매사에 감사하면서 살아야 합니다.
감사하면 행복해지고 행복하면 감사하게 됩니다.

감사하는 마음을 가지면 행복감이 따라 일어납니다.
감사하는 마음속에는 잔잔한 기쁨이 피어오릅니다.
감사하는 마음은 긍정하는 마음이요, 수용하는 마음입니다.

행복한 사람은 가슴속에 감사함을 품고 사는 사람이고
늘 감사를 느끼는 사람은 행복을 품고 사는 사람입니다.

첫째, 살아 숨 쉬고 있음에 감사해야 합니다.
이 순간에 살아서 세상을 경험할 수 있고
사랑하는 사람의 눈망울을 바라볼 수 있음에 감사해야 합니다.

둘째, 건강하게 활동할 수 있음에 감사해야 합니다.
몸이 아파 누워있거나 고통을 받지 않고
건강하게 일할 수 있음에 감사해야 합니다.

셋째, 당신 곁에 있는 사람에게 감사해야 합니다.
비가 오나 눈이 오나 당신과 함께 기뻐하고 당신과 함께 슬퍼하는
당신 곁에 있는 사람에게 감사해야 합니다.

넷째, 다른 사람들에게 감사해야 합니다.
내 가족과 친구뿐만 아니라 나와 모르고 지내는
수많은 사람들에게도 감사하는 마음을 가져야 합니다.
그 사람들의 보이지 않는 도움과 은덕으로
지금 내가 이렇게 살고 있기 때문입니다.

제7장

나를 비울 때
내가
완성된다

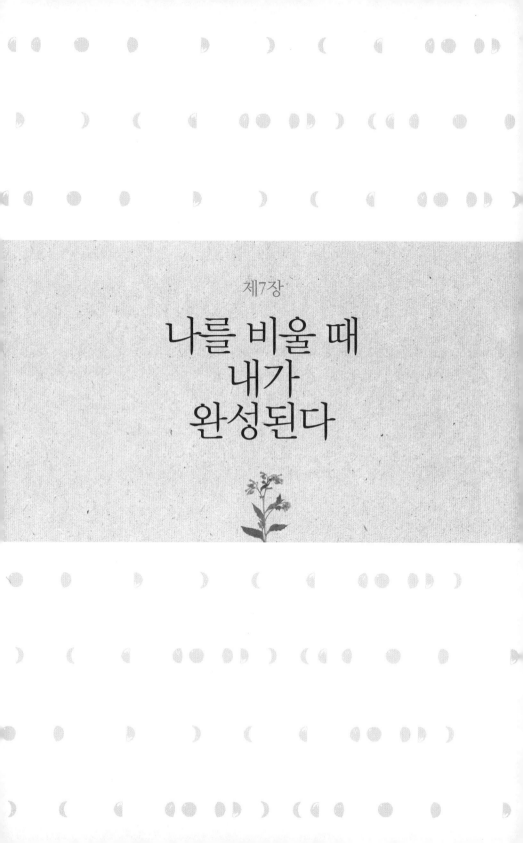

바보와 성자

바보에게는 암이 찾아오지 않는다고 합니다.
바보는 스트레스를 받지 않기 때문입니다.
짧은 한평생을 바보처럼 살면 아주 편안합니다.
참으로 지혜로운 사람은 바보처럼 살아갑니다.

바보는 항상 웃고 다니고 남의 시선을 의식하지 않습니다.
바보는 잘난 체하지 않고 자존심을 내세우지 않습니다.
바보는 집착하지 않으며 바보는 걱정하지 않습니다.
바보는 소유하려 하지 않고 바보는 바쁘지 않습니다.
바보는 불평불만이 없으며 심각하지도 않습니다.

바보와 성자와 아기는 똑같이 '나'를 내세우지 않습니다.
그래서 옛날부터 성인은 바보와 같다고 했으며,
예수님은 "어린 애와 같지 않으면
천국에 들어갈 수 없다"고 한 것입니다.
우리도 머리로 살지 않고 가슴으로 살면 바보처럼 살 수 있습니다.

남과 부딪히거나 의견충돌이 생길 때

남과 의견충돌이 생기거나 부딪히게 될 때
남을 굴복시켜서 해결하려고 하지 마세요.

먼저 나를 비우고 양보하는 편이 훨씬 더 낫습니다.
나를 내려놓으면 자연히 좋은 방향으로 해결이 됩니다.

나를 고집하기 때문에 남과 부딪히게 되지요.
상대방을 굴복시켜서 얻은 것은
두고두고 화근이 되고 근심거리가 되지만,
나를 꺾고 나를 비워서 문제를 해결하면 틀림없이 큰 덕이 됩니다.

나를 비우고 나를 꺾을 때, 더 큰 만족과 기쁨이 찾아옵니다.
나를 비우고 나를 꺾으면 미움과 원망도 생기지 않습니다.
나를 꺾는 것이 수행이요, 나를 비우는 것이 공부의 요체이지요.

우리는 사소한 문제로 남과 부딪히거나 충돌하기 쉽지요.
하지만 항상 이런 마음으로 살면 마음의 평화가 깨지지 않습니다.
그것이 진정으로 이기는 길이지요.
그래서 지는 것이 이기는 것이라고 한 것입니다.

남과 싸워서 이기는 것은 진정한 승자가 아닙니다.
왜냐하면 상대방에게 고통과 패배의식을 심어주기 때문이며
상대방이 마음속으로 승복을 하지 않기 때문이지요.

하지만 남에게 져주면 나에게는 기쁨과 만족이 있고,
상대방에게는 두려움과 미움이 없게 되지요.

남에게 져주는 것이 진정한 용기입니다.
이렇게 살면 편안한 마음으로 살 수 있고
소중한 평화를 지킬 수 있으며,
진정한 승리자가 될 수 있습니다.

욕망과 집착

대개 욕망과 집착은 동전의 양면처럼 붙어있지요.
그래서 욕망이 강하면 집착으로 변하기 쉽습니다.
욕망이 집착으로 변하면 그때부터 문제가 생깁니다.

욕망은 인간을 성장시키는 원동력입니다.
하지만 과도한 욕망에 사로잡히면 위험해지지요.
따라서 욕망하되 집착을 하지는 말아야 합니다.

무슨 일을 하든지 집착하지 않으면
마음의 여유가 생겨서 보이지 않던 것이 더 잘 보이고,
일도 더 잘되고 자신도 한결 가벼워지고 더 편해집니다.

사랑할 때는 그 사람이 없으면 도저히 못 살 것 같지만,
몇 개월이나 몇 년 지나면 그 사람이 없이도 잘 살아갑니다.
그 직장을 잃으면 못 살 것 같고, 그 자리를 떠나면 못 살 것 같고,
그 돈을 잃으면 못 살 것 같지만 오히려 그보다 더 좋은 일을 만나거나
더 좋은 기회를 잡아 더 잘되기도 합니다.

무슨 일을 하든지 집착 없는 마음으로 해야 합니다.
누구와 만나든지 집착 없는 마음으로 만나야 합니다.
그렇게 가볍고 홀가분한 마음으로 살아야 합니다.
욕망을 품고 열정적으로 살되 집착하지는 마세요.

남의 시선으로부터의 자유

우리는 필요 없이 남의 시선을 의식하면서 살아갑니다.
남에게 잘 보이려고 외모를 꾸미고
좋은 차와 좋은 집을 가지려고 애를 쓰지 않나요?

쓸데없이 남의 시선에 매여 살지 마세요.
남의 시선을 의식하면 할수록 당신은 거기에 구속됩니다.
진정으로 자유로워지고 싶다면 남의 시선으로부터 벗어나세요.
남이 당신을 어떻게 보든 개의치 말고 자유롭게 살아가세요.

남의 시선에 매여 사는 것은 어리석은 짓입니다.
남을 의식하고 남의 시선에 매여서 부자유스럽게 산다면
그것은 남의 노예요, 남에게 붙잡혀 있는 종에 불과합니다.

남이 어떻게 보든지 달라질 것은 아무것도 없습니다.
문제는 남의 시선이 아니라 얼마나 당신이 평온한 마음으로
자기답게 사느냐가 중요합니다.

쓸데없이 남의 시선을 지나치게 의식하지 말고
자신감을 가지고 여유 있고 득의양양하게 살아가세요.
당신만의 독특한 멋과 매력을 유감없이 발휘하세요.
당신답게 당신만의 색깔을 드러내며 당당하게 사세요.

불안의 뿌리

우리는 살아가면서 마음속에서 많은 불안을 느낍니다.
대다수의 사람들이 생계불안, 미래에 대한 불안, 노후불안,
질병에 대한 불안을 느끼지요.
그래서 더 많이 소유하려고 그토록 애를 쓰는지도 모릅니다.

우리는 보통 많이 소유하면
불안한 마음에서 벗어날 수 있다고 생각하지만,
더 많이 소유할수록 오히려 불안이 더 커지는 측면도 있다는 것을
간과해서는 안 됩니다.

인간의 근본적인 불안은 상실에 대한 두려움에서 비롯됩니다.
지금 가지고 있는 것을 잃어버릴까 봐 두려워하고 불안해합니다.
보통 많이 가질수록 상실에 대한 두려움도 점점 더 커집니다.

두려움은 버리면 버릴수록 비우면 비울수록 점점 작아집니다.
적게 버리고 적게 비우면 많이 불안하지만
많이 버리고 많이 비우면 두려움과 불안도 그만큼 줄어듭니다.

모두 버리고 비우면 아무것도 두려울 게 없습니다.
아무것도 가진 것이 없는 사람은 불안한 마음도 없습니다.
왜냐하면 잃을 것도 집착할 것도 없기 때문입니다.

부자보다 충만한 삶 //

많은 사람들이 부자가 되기를 바랍니다.
부자가 되면 행복해질 거라고 생각을 합니다.
하지만 부자로 사는 게 모두 좋은 것만은 아닙니다.

물질적으로 풍족한 삶에는 정신적인 충만함이 깃들기 어렵습니다.
물질적으로 풍족하면 안락한 삶을 살 수는 있을지언정,
영적으로 평온하고 고양된 삶을 살기는 어렵습니다.

물질적 풍요는 때로는 인생의 독이나 재앙이 될 수도 있습니다.
물질적으로 풍족하고 부유하면 정신적으로 병들기 쉽습니다.
사치와 환락에 빠지기 쉽고 방탕하거나 타락하기 쉽습니다.

하루아침에 돈벼락을 맞은 복권 당첨자들이
나중에 대부분 비참하게 몰락하고 말듯이
돈과 사람의 욕망이 결합되면
그 순간부터 돈은 이상한 조화를 부리기 시작합니다.
돈에 마음의 무게중심이 옮겨가고 돈에 집착하게 되면
삶의 균형과 조화가 깨지게 됩니다.

부족한 것이 없이 모두 갖추고 사는 사람은 돈과 쾌락의 달콤함에 취해
존재하는 기쁨과 자유를 맛보기 어렵습니다.
내면에서 우러나는 참된 행복이 아니라 돈에 의탁한 행복은
마음속에 공허감을 줄 뿐만 아니라
언제 무너질지 모르는 가건물처럼 취약합니다.

자연으로 돌아가야 하는 이유

현대인들은 대부분 자연을 잃어버린 채 살아갑니다.
자신을 자연과 동떨어진 존재로 인식하면서 살아갑니다.

우리는 자연에서 태어나서 자연에서 살다가
자연으로 돌아가는 자연 그 자체입니다.
단 한 번도 자연에서 벗어난 적이 없습니다.
우리는 본래부터 자연과 하나입니다.

우리는 자연으로 돌아가야 합니다.
자연이야말로 인간의 진정한 안식처입니다.
아무리 큰 상처와 아픔도
자연 속에서 지내다 보면 저절로 아물고 낫게 됩니다.

자연의 질서에 순응하고 자연을 사랑하면서 살아야 합니다.
그래야 자연스럽게 살다가 자연스럽게 죽을 수 있습니다.
자연을 가까이 하다 보면 우주의 질서와 자연의 섭리를
자연스럽게 배우고 익히고 깨닫게 됩니다.

자연의 변화를 보고 느끼면서 순응하는 삶을 배우게 됩니다.
그래서 죽을 때도 자연스럽게 편안하게 죽을 수 있습니다.
자연의 섭리와 우주의 질서에 순응하면서 살면
죽음에 대한 두려움도 점점 사라져 갑니다.

도시 사람들은 죽음을 편안하게 받아들이기 어렵습니다.
주로 차가운 시멘트 콘크리트 건물 속에서 살기 때문에
자연을 제대로 느끼지 못하고 자연의 이치를 몸소 익히지 못합니다.
자신이 자연이면서도 자연과 분리된 것처럼 느끼기 때문에
죽음을 공포로 받아들일 수밖에 없습니다.

사랑은 자기희생이다

우렁이는 알에서 깨어나는 새끼들에게 자신의 몸을 기꺼이 내줍니다. 새로 태어난 새끼들은 어미 우렁이의 몸을 파먹고 세상 속으로 나옵니다. 어미 우렁이는 몸이 모두 없어지고 껍질만 남아 물 위에 둥둥 뜨게 됩니다.

그렇게 남은 빈 껍질은 흐르는 물 위에 아무 말 없이 떠내려갑니다.

두꺼비는 산란할 때가 가까워지면 뱀에게 접근하면서 약을 올립니다. 두꺼비를 잡아먹으면 죽는 것을 아는 뱀은 한사코 회피하려고 하지만 끝내 화를 참지 못하고 두꺼비를 잡아먹고 맙니다. 이렇게 두꺼비는 자신을 희생하여 새끼들이 태어날 최적의 환경을 만들어줍니다. 두꺼비를 잡아먹은 뱀은 그 독으로 죽고 두꺼비도 뱀의 뱃속에서 죽게 됩니다. 두꺼비 새끼들은 그 속에서 자라 어미 몸을 먹고 그 힘으로 밖으로 나옵니다.

연어는 새끼 때 자기가 태어난 강에서 수천 킬로미터 떨어진 먼 바다로 갑니다. 그곳에서 살다가 알을 배어 산란할 때가 되면 다시 모천母川으로 돌아옵니다.

거친 파도와 싸우고 사나운 물고기들을 피하고 또 피해서 거슬러 올라와 알을 낳고서는 이윽고 배가 거꾸로 뒤집혀서 하늘을 향한 채 죽고 맙니다.

가시고기의 헌신적인 사랑은 더 눈물겹습니다. 가시고기 암컷이 알을 낳고 떠나버리면, 수컷은 이때부터 보통 보름 동안 아무것도 먹지 않은 채 알을 보호하기 위해 필사적인 노력을 합니다. 자신보다 몸집이 큰 물고기들과 처절한 싸움도 하고 알에 산소를 공급하기 위해 부지런히 움직이다가 알이 부화할 무렵이면 둥지 옆에서 장렬하게 죽고 맙니다. 이렇게 세상에 나온 치어들은 제 아비의 살을 뜯어먹으며 성장합니다.

동물들의 숭고한 자기희생과 아름다운 사랑을 보고 배워야 합니다. 동물들은 우리에게 '누구를 위해 사는가?'라고 묻습니다. 그들은 우리가 어떻게 살아야 할지를 가르쳐 줍니다.

불필요한 욕망을 줄여라

당신의 욕망에 깨어 있으세요.
욕망이 일어나는 대로 끌려 다니지 마세요.
욕망을 따라다니면 점점 더 눈덩이처럼 커집니다.

돈에 대한 욕망에 끌리다 보면 돈의 노예가 되기 쉽습니다.
술을 좋아하면 할수록 점점 술 중독에 빠져 헤어나기 힘듭니다.
섹스를 탐닉하면 할수록 더 깊은 수렁에 빠져 헤어나기 힘듭니다.
명예와 권력을 좇으면 좇을수록 더 깊이 빠져들게 됩니다.
욕망은 블랙홀처럼 당신의 인생을 송두리째 삼켜 버립니다.

욕망에 빠지면 당신의 삶은 지치고 병들어갑니다.
욕망의 노예가 되어 평생을 허덕이고 고통 받게 됩니다.
당신이 당신의 인생을 이끌고 다니는 것이 아니라
욕망이 주인이 되어 당신의 삶을 끌고 다니게 됩니다.

욕망이 일어날 때마다 그것을 알아차리세요.
그것이 당신에게 필요한 것인지 아닌지 살펴보세요.
당신에게 꼭 필요한 것이 아니라면 과감하게 버리세요.

그래야 사는 것이 가볍고 행복해집니다.
그래야 당신의 삶이 튼실해집니다.

소유 중독증 ///

경치 좋은 곳에 아주 멋있는 집이 한 채 있습니다.
처음에는 그 집을 보고 좋다는 느낌이 일어납니다.
그런데 마음 한쪽에서는 분노와 슬픔이 일어납니다.
'나는 왜 저런 집이 없지?'하는 생각이 들면서
금세 마음이 우울해지기 시작합니다.

남이 타고 다니는 고급 승용차를 보면
그 차를 갖지 못함 때문에 마음이 우울하고 화가 납니다.
지위가 높은 사람을 보면 자신의 낮은 지위 때문에 왜소해지고
초라함을 느끼면서 우울해 합니다.
마음에 드는 이성을 보면서 그 사람을 갖지 못함에 대한
분노와 슬픔이 일어납니다.

이처럼 분노와 슬픔과 불만의 원인은
대부분 소유욕망에서 비롯됩니다.
소유욕망은 이렇게 부지불식간에 마음을 괴롭히고 혼탁하게 합니다.

이렇게 우리는 이미 소유욕에 깊이 중독되어 있습니다.
자신도 모르는 사이에 모든 대상을 소유와 연결함으로써
스스로 자신을 고통으로 몰아넣고야 맙니다.

이렇게 마음속에서 불만족과 빈곤감과 갈증과 허기가 느낄 때마다
'아, 내게 지금 이런 소유욕이 일어나는구나!'하고 알아차리세요.
수시로 일어나는 소유욕망을 알아차리고 거기에서 벗어나세요.

그래야 마음이 평화로워지면서 모든 것이 제대로 보이게 됩니다.
우리는 소유욕망에서 벗어나야 순간순간을 제대로 느끼고
경험하면서 온전한 삶을 살 수 있습니다.

우주는 사랑이다

우주는 사랑입니다.
서로 사랑하지 않으면 살아갈 수 없으며,
서로 사랑하지 않으면 존재할 수 없는 것이
우주의 법칙이요, 자연의 질서입니다.

이 세상에 저 혼자만의 힘으로 살아갈 수 있는 존재는
아무도 없습니다.
해와 달과 별도 모두 서로가 서로에게 의지하면서 공존을 합니다.
사람도 식물과 다른 동물에 의지하고
다른 사람에게 의지하면서 생존을 하고 있습니다.
모든 존재는 서로 서로 사랑할 수밖에 없습니다.

우주의 지배원리는 사랑입니다.
우주는 사랑을 통해서 움직이는 큰 힘입니다.
우주대자연은 사랑을 통해서 서로 소통하고
사랑의 힘으로 지탱할 수 있기 때문입니다.

우리가 살아가는 이유는 사랑입니다.
우리는 서로 서로 사랑하기 위해서 이렇게 삽니다.
사랑이 없으면 살 수 없고 살아야 할 이유도 없고
살아야 할 진정한 가치와 의미도 없습니다.

죄란 따로 있는 게 아니라 사랑하지 않는 게 죄요,
사랑을 저해하고 역행하는 것이 죄악입니다.
남을 아프게 하고 상처를 주는 게 죄악이요,
사랑을 방해하고 평화를 깨뜨리는 게 죄악이며
남을 미워하는 게 가장 큰 죄가 됩니다.

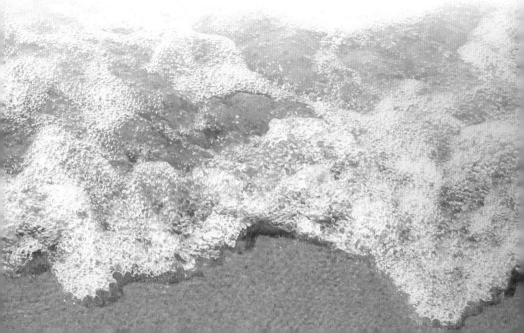

휴식

요즘 사람들은 머리를 너무 혹사시키면서 살아갑니다.
하루 종일 공부하거나 일을 하고서도 모자라,
틈만 나면 귀에 이어폰을 꽂고 무슨 소리를 계속 들어야 하고,
시도 때도 없이 휴대전화에 매달려서 게임을 하거나,
TV나 인터넷에 빠져서 정신없이 살아갑니다.

참된 휴식은 머리를 쉬게 하는 것이지요.
머릿속이 이 생각 저 생각으로 복잡하면
몸이 쉬어도 제대로 된 휴식이 될 수 없지요.

머리를 쉬게 하려면 생각을 쉬게 해야 합니다.
생각이 쉬면 뇌가 쉬고, 뇌가 쉬면 몸이 따라서
자동적으로 휴식모드로 들어가게 되니까요.

잠깐 지금 하는 일을 모두 멈추고 이렇게 해 보세요.
배에 주의를 집중하고 숨을 마시고 내쉬어 보세요.
속으로 '들숨 날숨 들숨 날숨' 하고 읊조리면서 5분만 그렇게 해 보세요.
나중에는 10분, 15분, 20분으로 점점 시간을 늘려가 보세요.

머리가 맑아지고 마음은 점점 고요하고 평온해져 옵니다.
마음이 평온해지면 세상을 제대로 보는 눈이 열립니다.
마음이 고요하고 평온해지면 창의력이 생깁니다.

가끔씩 바쁘고 번잡한 마음을 쉬어 보세요.
모든 생각을 멈추고 가만히 눈을 감고 한참 동안 앉아 있으면
몸이 쉬고 마음도 따라서 쉬게 됩니다.

혼자서 호젓한 오솔길이나 공원을 산책하거나
조용한 냇가나 넓은 호숫가를 거닐어 보세요.
번잡스러운 세상일을 잊고 자연을 느끼면서
내면에서 우러나오는 영혼의 소리를 들어 보세요.
거기에서 잃어버린 당신을 만날 수 있을 것입니다.
진정한 행복을 발견하게 될 것입니다.

인생의 최후의 날처럼

우리는 언제 어디에서 최후를 맞이할지 모릅니다.
오늘을 내 인생의 마지막 날인 것처럼 살아보세요.
오늘이 내 인생의 최후의 날이라고 생각하면
삶을 대하는 마음가짐이나 자세가 많이 달라집니다.

우선 삶을 대하는 태도가 진지하고 정직해집니다.
모든 것을 감사하는 마음으로 받아들이게 됩니다.
쓸데없는 짓을 안 하고 꼭 필요한 일만 하게 됩니다.

모두를 너그럽게 용서하고 받아들이게 됩니다.
남에게 인색하지 않고 나누고 베풀게 됩니다.
불필요한 욕망과 집착에 끌려가지 않게 됩니다.
쓸데없는 일에 휘말리지 않고 다투지 않게 됩니다.

그래서 가볍고 홀가분하게 살게 됩니다.
허튼 짓 않고 정신을 바짝 차리고 살게 됩니다.
훨씬 더 잘 살게 되고 행복하게 살게 됩니다.

신과의 만남

경전과 교리를 공부하고 습관적인 기도나 예배 등
종교의식을 행하는 것으로는 신을 체험할 수 없습니다.
안에서 찾지 않고 밖에서 찾아서는 신과 만날 수 없습니다.
명상을 통해 내면 깊숙이 들어가야 신을 만날 수 있습니다.

가톨릭의 세계적인 영성가이자 수도자인
독일의 안셀름 그륀 신부는 이렇게 말했습니다.
"나 자신을 진지하게 만나는 일 없이
하느님을 만나는 것은 불가능하다."

마하트마 간디는 이렇게 말했습니다.
"결국 신은 모종의 인격체가 아니라 모든 사물에 내재해 있는
전능한 영적존재인 것이다. 자신의 마음속에 계신
그 분의 음성에 귀를 기울여 보라."

우리는 자신의 내면으로 들어가
자신이 누구인지 아는 일을 통해서만 신을 만날 수 있습니다.
자기 안으로 눈을 돌려 자기 안에 임재해 있는 신을 만나야 합니다.

용서는 아름다운 복수

과거에 무슨 일이 일어났든지 진정으로 행복해지려면
남을 용서해야 합니다.
용서하지 않으면 현재가 왜곡될 뿐만 아니라
인생을 즐길 수 없게 됩니다.

용서는 스스로를 속박에서 해방시킵니다.
용서는 고통에서 벗어나는 지름길입니다.
용서하지 않으면 상대방에 매여 있게 되고
당신은 이미 지나간 과거를 살게 됩니다.

용서는 자기 마음을 정화시키고
자신의 상처를 아물게 하는 특효약입니다.
용서는 자기 자신과의 화해이며,
타인에게 베푸는 관용입니다.

남을 미워하는 것은 자신을 미워하는 것입니다.
남을 미워하고 원망하는 마음을 가지고 살아가는 것은
몸에 병을 키우게 됩니다.
그래서 먼저 용서해야 합니다.

용서할 때 과거와 상대방으로부터 자유로워집니다.
용서는 가장 아름다운 덕목이요, 최고가는 사랑입니다.
용서해야 분노와 슬픔과 불안에서 벗어나게 됩니다.
용서는 자기 자신에게 베푸는 가장 큰 자비요, 사랑입니다.
그래서 용서를 가장 아름다운 복수라고 한 것입니다.

참회 //

참회를 하고 나면 마음이 편안해집니다.
참회를 하면서 실컷 울고 나면 한결 마음이 가벼워집니다.
참회를 하면 할수록 점점 가벼워져서 새털처럼 가벼워집니다.
참회는 남을 위해서 하는 것이 아니라 자신을 위해서 합니다.

참회를 하면 분노와 미움과 원망하는 마음이 사라집니다.
참회를 하고 나면 불안하고 우울한 마음도 사라집니다.
참회는 하면 할수록 자신이 점점 맑게 정화되어 갑니다.
참회를 하고 나면 두려움이 사라지고 마음이 평온해집니다.

참회는 자기 잘못을 인정하고 뉘우치는 것입니다.
참회는 자기 자신을 인정하고 받아들이는 것입니다.
참회는 자기 자신은 물론이고 타인까지 치유시킵니다.
자신이 맑게 정화되면 타인까지 치유시키게 됩니다.

무엇보다도 타인을 미워하고 원망한 죄를 참회해야 합니다.
다른 사람을 아프게 하고 상처를 준 죄를 참회해야 합니다.
다른 사람을 힘들게 하고 괴롭게 한 죄를 참회해야 합니다.

다른 사람을 온전하게 사랑하지 못한 죄를 참회해야 합니다.
다른 사람을 계산하고 적당하게 사랑한 죄를 참회해야 합니다.
타인을 있는 그대로 받아들이지 못한 죄를 참회해야 합니다.
다른 사람을 얕잡아보고 무시하고 비난한 죄를 참회해야 합니다.

함께 살면서도 가족의 심정을 헤아려 주지 못한 죄를 참회해야 합니다.
상대방의 아픔을 알아주지 못하고
이해해 주지 못한 죄를 참회해야 합니다.
은혜를 입고 살면서도 고마워하고 감사할 줄 모른 죄를
참회해야 합니다.

마음속에서 찌꺼기가 완전히 사라질 때까지 참회해야 합니다.
가슴이 시원하게 뚫릴 때까지 참회를 하고 또 해야 합니다.
그래야 자신이 진정으로 구원받게 됩니다.

죽음의 의미

죽음이 있기 때문에 삶이 아름답습니다.
죽음이 있어야 삶이 절실해지고 진지해집니다.
죽음이 있어야 삶이 의미가 있고 가치가 있습니다.

삶과 죽음은 동전의 양면과도 같습니다.
밤이 낮을 받쳐 주고 낮이 밤을 받쳐 주듯이,
죽음이 삶을 받쳐 주고 삶이 죽음을 받쳐 줍니다.

항상 변화가 없는 조화_{造花}를 보면 지겹듯이
사람이 죽지 않고 항상 그대로 있다면 얼마나 지겹겠습니까?
오래된 것들은 항상 새롭게 나타난 것들을 위해서
자리를 비워줘야 하는 것이 자연의 법칙입니다.

태어난 것은 살만큼 살다가 마땅히 죽어야 합니다.
그래야 새로운 후손들이 태어나서 세상을 이어가게 됩니다.
잘 익은 홍시가 미련 없이 땅바닥으로 자기를 내던지듯이
우리도 언제든지 때가 되면 그 자리를 양보해야 합니다.

우리가 얼마 전에 이 세상에 존재하지 않았듯이
또 얼마 후면 역시 이 세상에 존재하지 않게 됩니다.
죽음이란 끝이 아니라 새로운 시작이며,
죽음은 소멸이 아니라 변화일 뿐입니다.

우리가 원래 왔던 자리가 어디입니까?
우리는 영원하고 평화로운 침묵의 세계로부터 왔습니다.
들꽃이 대지에서 태어났다가 다시 대지로 돌아가는 것처럼
우리도 우주에서 태어나서 우주에서 살다가
다시 우리가 왔던 우주의 세계로 되돌아갑니다.

빗방울이 떨어져서 바다가 되듯이 내 육신이 부서지면
비로소 '나'로부터 해방이 되어 시공을 초월하게 됩니다.

우리는 우주의 조화와 질서와 균형을 위해서 이렇게 태어나서 살다가
또 우주대자연의 조화와 질서와 균형을 위해서
마땅히 죽어서 사라져야 합니다.

더 큰 틀에서 보면 태어남도 없고 죽음도 없습니다.
더 높은 차원에서 보면 삶과 죽음은 하나입니다.

세상에서 가장 소중한 것

사람은 누구나 사랑하고 싶어 하고 사랑받고 싶어 합니다.
하지만 사랑을 느끼지 못하면 생기를 잃고 시들어갑니다.
사람은 사랑을 느낄 때 몸과 마음이 건강하고 행복해집니다.
사랑을 받지 못한 아이는 왜소증에 걸리기 쉽고 성격이 삐뚤어집니다.
우리는 가난해도 살고 장애가 있어도 살지만 사랑이 없으면 못삽니다.
사람은 사랑할 때 행복해지고 사랑을 통해서 점차 완성되어 갑니다.

사랑을 받지 못하면 정서가 고갈되고 마음이 황폐화되어 갑니다.
사랑을 받지 못하면 마음이 불안하여 자신을 잘 조절하지 못합니다.
성격이 삐뚤어지고 범죄를 저지른 사람들은 대부분
성장기에 부모로부터 따뜻한 사랑을 받지 못해서
그렇게 된 것입니다.

따라서 그들을 처벌보다 사랑을 통해서 치유되도록 도와주어야 합니다.
강력한 처벌보다 그 원인을 찾아서 근본적으로 치유해 주어야
미리 범죄를 예방할 수 있습니다.
그래야 재발을 방지하는 데도 더 효과적일 수 있습니다.

우리는 나중에 사랑으로 인생을 결산하게 됩니다.
사람이 죽음 직전에 나누고 베풀지 못한 것을
가장 괴로워한다고 합니다.
사랑을 많이 실천한 사람은 죽음 앞에서 평온하지만
사랑하지 않은 사람은 죽음 앞에서 많은 두려움을 느끼고
반드시 후회하게 된다고 합니다.
우리가 마지막 인생을 정리하는 순간 다른 것은 생각나지 않지만,
남에게 베풀고 사랑했던 것들은 모두 뚜렷하게 떠오른다고 합니다.

태풍이 불어도 흔들림 없는 행복

티베트의 한 수행자는 8년 동안의 힘든 감옥 생활 속에서도
'자아'의 부재와 자비명상 수행으로 깨달음을 얻었다고 합니다.
감방에는 수많은 죄수들로 가득 차 있었고,
5대의 TV가 하루 종일 켜져 있어 늘 시끄럽고
창문과 환풍 장치도 없는 지옥 같은 감옥에서
하루에 네다섯 시간씩 명상을 했다고 합니다.

그는 이런 상황 속에서도 깨달음을 얻은 후 이렇게 말했습니다.
"내면적 삶만 있으면 수용소 철창 안에 있던 밖에 있던 상관없다.
나는 수용소 안에서 많은 죽음을 보았다. 나는 불안하지 않다.
그럼에도 나의 삶이 아름답고 의미로 가득 차 있다.
매 순간 나는 그렇게 느낀다."

6백만 명의 유태인을 학살한 악명 높은 독일 나치 강제수용소의
온갖 잔혹한 고문과 언제 죽을지 모르는 절망적인 상황 속에서도
사랑을 실천하면서 평온한 삶을 살았던 사람들도 있었습니다.

그들은 똑같이 수인囚人의 처지이면서도
수용소 곳곳을 돌아다니며 다른 사람들을 안심시키고,
자신이 가지고 있는 마지막 빵조각까지
건네주는 사람들이 있었다고 합니다.

참으로 깨어 있는 사람은 최악의 상황에서도
마음의 평화를 유지할 수 있으며,
타인을 위해 봉사하고 희생하면서 행복을 찾습니다.
어떤 상황 속에서도 자신을 완전히 비우거나 타인을 위해서 살면
행복할 수 있다는 것을 보여줍니다.

진정한 자유

오늘 하루 '나'를 잊어보세요.
'나'를 쏙 빼놓고 지내보세요.
'나'를 잊은 채 그냥 살아보세요.
'나'와 내 문제를 잊어버리고 살아보세요.
나를 의식하지 말고 오늘 하루를 살아보세요.
열심히 일하고 열심히 살되 '나'를 잊고 살아보세요.

모든 괴로움은 '나'로부터 나옵니다.
모든 분노와 슬픔도 '나'로부터 나옵니다.
우리들은 모두 '나'에게 걸려서 넘어지고
'나' 때문에 괴로워합니다.

'나'를 잊고 살면 세상은 평화롭습니다.
'나'를 잊고 살면 점점 가벼워집니다.
'나'를 잊고 지내면 일이 훨씬 더 잘됩니다.
그렇게 연습하다 보면 참으로 자유로워집니다.

'나'를 잊고 살다 보면 내가 그대로 남이요,
내가 그대로 우주대자연임을 알게 됩니다.
온 세상이 나 아닌 것이 없음을 깨닫게 됩니다.
삶이 걸림이 없고 막힘이 없이 흐르게 됩니다.

하루살이에게 배우다

하루살이는 지상에서 하루를 살기 위해서 천 일 동안
물속에서 무려 스물다섯 번의 허물을 벗는다고 합니다.
하루살이에게 주어진 하루는 삶의 마지막 불꽃입니다.

하루살이의 일생은 치열하고 눈물겹도록 아름답습니다.
하루살이는 하루를 온전히 사랑을 위해서 불태웁니다.

하루살이는 과거에 집착하고 내일을 걱정하지 않습니다.
하루살이는 애착하지 않고 두려워하지 않습니다.
하루살이는 화내고 미워하고 슬퍼하지 않습니다.

하루살이는 욕심내지 않고 서로 싸우지 않습니다.
하루살이는 심각하지 않고 고민하지 않습니다.
하루살이는 아무것도 소유하려고 하지 않습니다.

큰 차원에서 보면 우리도 하루살이 같이 찰나를 살 뿐이지요.
우리도 오늘 하루만 산다면 쓸데없는 짓을 하지 않을 것입니다.
오늘 하루만 산다면 남을 용서하지 못할 일이 없을 것입니다.
오늘 하루만 산다면 불평불만을 하지 않을 것입니다.

오늘 하루만 산다면 모두를 이해하고 받아들일 것입니다.
오늘 하루만 산다면 최선을 다해서 열심히 살 것입니다.
오늘 하루만 산다면 1초가 새롭고 감사할 것입니다.
오늘 하루만 산다면 매 순간이 기적이요, 축복이 됩니다.

하루살이가 주어진 하루를 열심히 살고 난 후
장렬하게 삶을 마감하듯이
우리도 그렇게 삶을 불태워야 합니다.
그렇게 하루하루를 살아갈 때 삶은 꽃처럼 아름답게 피어나고
죽음은 불꽃처럼 장엄하게 타오를 것입니다.

비움

단 한 번이라도 비우려고 한 적이 있는가?
단 한 번이라고 버리려고 한 적이 있는가?
단 한 번이라도 내려놓으려고 한 적이 있는가?

태어나서 지금까지 살아오면서 항상 채우려고만 했지
진정으로 단 한 번이라도 비우려고 한 적이 있는가?
항상 가지려고만 했지 버리려고 한 적이 있는가?
움켜잡으려고만 했지 내려놓으려고 한 적이 있는가?

채우기만 하기보다 비울 줄 알아야 합니다.
가지려고만 하기보다 버릴 줄도 알아야 합니다.
채우려고만 하기 때문에 못 채워서 괴롭고
가지려고만 하기 때문에 갖지 못해 괴롭습니다.

비울 것은 비우고 버릴 것은 버리고 살아야 합니다.
먹기만 하고 배설하지 않으면 몸에 탈이 나듯이, 채울 줄만 알고
비우지 않으면 마음과 삶에도 탈이 나기 마련입니다.
그래서 자주 스트레스를 받게 되고, 화가 나고, 불안해지고,
마음이 우울하고 무기력해집니다.

평생 동안 그런 패턴으로 살아가면
당신의 마음은 지치고 몸에 탈이나 병들기 쉽습니다.
쓸데없는 욕망과 살아가는 데 도움이 되지 않는 것은
과감하게 버리고 홀가분하게 살아야 합니다.

내려놓을 때 당신은 가벼워집니다.
버릴 때 당신은 자유롭고 행복해집니다.
비울 때 당신은 가볍고 세상은 평화롭습니다.

내면에 있는

진정한 자신을

만나시길

바랍니다

나를 만나는 기쁨

2014년 9월15일 초판 인쇄
2014년 9월20일 초판 발행

지은이 조치영
펴낸이 임종관
펴낸곳 미래북
디자인 페이퍼마임
편집 정광희
신고번호 제302-2003-000326호
본사 서울특별시 용산구 효창동 5-421호
영업부 경기도 고양시 덕양구 화정동 965 한화오벨리스크 1901호
전화 02-738-1227
팩스 02-738-1228
이메일 miraebook@hotmail.com
ⓒ 조치영

ISBN 978-89-92289-65-8 03810